I Lawr Ymhlith y Werin

I LAWR YMHLITH Y WERIN

Aled Islwyn

GOMER

Argraffiad cyntaf – 2002

ISBN 1 84323 189 1

Dymuna'r cyhoeddwyr gydnabod cymorth Cyngor Llyfrau Cymru.

Argraffwyd yng Nghymru gan
Wasg Gomer, Llandysul, Ceredigion

Cynnwys

Cyhoeddwyd 'Mae Mot Ymhlith y Cadwedig' yn *Taliesin* (Haf 1996) a 'Helpu'r Heddlu Efo'u Hymholiadau' yn *Golwg* (Awst-Hydref 2001). Carwn ddiolch i'r golygyddion perthnasol am eu cefnogaeth.

Aled Islwyn

HELPU'R HEDDLU EFO'U HYMHOLIADAU

Tydw i wedi'u rhoi nhw ar bedastl erioed? Addoli'r bitshys? Fi ydy'r ola fasa byth yn breuddwydio brifo'r un ohonyn nhw. Dyna dw i wedi drio'i ddweud wrthyn nhw ers oria. Ond does 'na fawr ôl gwrando ar y bastards.

Ers pryd? gofynnodd Cochyn.

Ers pryd be? atebish inna.

Ers pryd roist ti bob dynas ti wedi'i chwarfod erioed ar bedastl? medda fynta wedyn.

Byth ers i Bethan Dyer ddangos 'i nicars imi 'stalwm, meddwn i. Jôc oedd hi i fod. Neb yn chwerthin.

Holi wedyn be fedrwn i'i gofio am y rheini. Oeddan nhw'n las? Oeddan nhw'n gynnas? Finna'n dallt 'mod i wedi deud gormod. Taw pia' hi!

Er, mi'u cofia i nhw'n iawn hefyd, tasa hi'n dod i hynny. Rhai glas oeddan nhw. Ro'dd o'n llygad 'i le. A chynnas. A'r lastig yn dechra troi'n slac. Fatha rhai hogan ysgol go iawn. Wel! Hogan ysgol oedd hi, be haru mi? 'I sgert hi ar y llawr a'r flowsen dynn 'na wedi'i datfotymu hyd y bogail. Gofyn amdani, toedd? Uffarn o ges.

Fedrwn i wneud fawr ddim ynghylch y peth bryd hynny, wrth gwrs. Ond tydw i ddim yn debyg o ruthro i gyfadda hynny i'r slobs, 'chwaith. Tydy hogyn tair ar ddeg ar ’i hôl hi braidd o’i gymharu â hogan? Ond iysi, rown i’n barod i gael *go*.

Teimlo’n annifyr braidd ers meitin. Yr holl sôn ’ma am secs sydd ar fai. Nid ’i fod o’n ’y mhoeni i fel arfar. Wrth fy modd, bydda? Yn sôn amdano. ’I wneud o. Dychmygu ’i wneud o. ’I ddwyn o ar gof ar ôl ’i wneud o.

Ond nid fan’ma, rywsut! Wn i ddim sut all lle sy mor glinigol o lân wneud i bob dim swnio mor fudur.

A’r blydi siwt ofod ’ma wedyn! Fel tasa rhyw haint arna i neu rwbath! Am imi deimlo’n fudur maen nhw, mwn!

Duw a ŵyr be ddôn nhw o hyd iddo ar ’y nillad i! Tydyn nhw ddim ymysg y glana ar y gora. Dillad neithiwr oeddan nhw ar ’u hôl, siŵr dduw. Neithiwr ydy pob dim gynnyn nhw.

Finna wedi drysu gormod i gofio.

Te ’dy hwn i fod, meddan nhw i mi. Ôl minlliw rhywun ar hyd y wefus, ylwch. A mae o’n oer.

Faint rhagor fyddan nhw, ’sgwn i?

Licio meddwl ’mod i’n dipyn o foi, yn tydw? holodd y bastard pengoch ’na imi ddechra’r sesiwn ddiwetha ’na. Rhwbath i’w brofi, ella? Oedd gen i bidlan fach?

Iysi! Sut all pobl wneud bywoliath o holi ffasiwn rwtsh, deudwch?

Isho ’ngweld i’n colli’n limpyn oedd o, wrth gwrs. Chwilio’i gyfla. Unrhyw esgus i roi stîd imi. Ond rown i wedi dallt ’i gêm o i’r dim. A jest gwenu’n ôl arno wnesh i. Cystal â deud ’i bod hi’n amlwg nad gen i oedd y broblam yn y cyfeiriad hwnnw. Dangos i’r brych ’mod i’n dallt ’i betha fo.

O leia mae o wedi gorfod rhoi’r gora i ddyrnu’r bwrdd rŵan. A mae o wedi symud y soser lwch ’na o’r diwedd. Honno wedi bod yn dawnsio’n wag ar hyd y lle ers oria. Wn i ddim p’run siomodd nhw fwya; dallt nad own i am gyffesu syth bìn neu sylweddoli na fydda i byth yn smocio!

Y Mrs Sweet ’na ddaru wneud y gwahaniaeth. Honno wedi cyrraedd o’r diwadd. Ista yn y gadair nesa ata i wrth y bwrdd bach ’na, yn edrach fal tasa arni ormod o ofn deud bw wrth neb. Gwynt drud ar ’i phersawr hi, hefyd! *Classy*. A gwybod ’i phetha i’r dim. Ymyrryd ddwywaith i ddeud wrtha i am beidio ag ateb cwestiyna penodol. Rhwbath am fod yn *aggressive* tuag at wragedd oedd un. A chofia i ddim yn union beth oedd y llall.

Hi gath y brêc ’ma imi. Tydyn nhw wedi bod yn gyndyn gadael imi ddod i’r tŷ bach cyn hyn? Hitha’n gorfod mynnu yn y diwadd. Gwybod be ’dy’n hawlia i a ballu, yn tydi? Wel! Dyna pam mae hi yma!

Angan hanner awr arall arna i i ddod allan o’r dilledyn diawl ’ma. Taswn i’n cael pwl o ddolur rhydd mi fydda hi ar ben arna i!

Cadw’r lle ’ma’n oer ar fwriad maen nhw, beryg’! Dw i jest â fferru! Y drws yn ’cau cloi’n iawn. Dim graffiti difyr ar y walia. A rhyw gyw slob bach diniwad allan fan’cw’n gorfod goruchwylio’r holl olygfa, rhag ofn imi fflysho fy hun i lawr y pan 'ma ac allan o'u gafael nhw. Mi awn i'n ddw-lal gorfod cachu'n fan'ma bob dydd.

'Sgwn i pryd ga i 'nillad fy hun yn ôl!

Gesh i wisgo 'nillad fy hun i fynd o flaen yr ynadon. Nid y dillad ddaru nhw gymryd oddi arna i bore 'ma i wneud y profion . . . Ond rhain!

Y trowsus llwyd gora 'ma ddaru nhw ddod imi. A'r siwmper wlân ddu 'ma dw i heb 'i gwisgo ers misoedd. Honno'n dal i grafu 'nghroen i'n gynddeiriog. Pwy bynnag aeth i'w nhôl nhw heb feddwl dod â *T-shirt* imi wisgo o'dani. Does ryfadd na fedra i gysgu.

Mrs Sweet and Sour yn gorfod egluro wrtha i nad mynd rownd i'n stafell i yn unswydd i chwilota am ddillad ddaru nhw. Finna'n teimlo'n rêl lembo. Wrth gwrs! Mi fydd y lle wedi'i dynnu'n dipia ers oria. Mynd trwy bob dim â chrib mân yn chwilio am rwbath fedran nhw'i ddefnyddio i'w throi hi'n nos arna' i. Fel tasa petha ddim yn ddigon du 'ma'n barod.

Mi fydd hi, Mrs Anthony, wrth 'i bodd efo rhyw rialtwch fel hyn. Palu pob math o gelwydda amdana i, beryg! Toedd hi allan ar y landin pan ddaru nhw ddod amdana i? Ynghanol y reiat 'na. 'Y nrws i wedi'i falu. Y moch yn gweiddi. Cŵn yn cyfarth. A hitha yn 'i choban yn 'u rhaffu nhw. Rown i'n ddiog. Yn hwrgi. Yn cadw'r sŵn rhyfedda bob awr o'r dydd a'r nos. Ŵyr yr ast ddim be ydy sŵn!

Glywish i un o'r slobs yn gorfod deud wrthi yn y diwadd am fynd 'nôl i'w stafell 'i hun ac y dôi rhywun i siarad yn gall efo hi maes o law. Faint elwach fuon nhw o drio siarad yn gall efo hi, wn i ddim. Ac wn i ddim ddaru hitha ufuddhau ai peidio. Popeth wedi digwydd mor sydyn rywsut.

Ganddyn nhw ddeuddydd arall i'n holi i. Dw i'n meddwl dyna ddeudodd hi. *Routine*, ebe hi. Dim byd yn *routine* yn hyn i mi, ddeudish inna'n ôl wrthi. Yn y Goat ar 'y nhrydydd peint. Dyna fasa *routine* i mi adeg yma o'r nos.

Ddaru hi ddim hyd yn oed gwenu! Rhwbath reit galad yn 'i thawelwch hi. Dw i wedi dechra'i dallt hi erbyn hyn.

Ofynnodd hi wedyn oeddwn i mewn difri calon yn honni 'mod i wedi bod efo deucant o genod. Mi fedra brolio gwag fynd yn f'erbyn i yn nes ymlaen, medda hi.

Amcangyfri digon ceidwadol 'dy'r ffigwr yna, del! Dyna rown i am ddeud wrthi. Ond callio wnesh i. Gadael iddi wybod be 'dy be. Toes yna gannoedd o betha handi ar gael yma bob ha, meddwn i wrthi. Yn heicio drwy'n mynyddoedd ni. Neu ar wastad 'u cefna ar y traetha. Heb sôn am fodins lleol. Rhywun fatha hi erioed wedi meddwl am beth felly o'r blaen. Mi fedrwn ddeud.

A doedd dda gen i glywad 'i hen bregath surbwch hi! Dw i'n ddyn yn fy oed a'n amsar, tydw? Gân nhw ddeud be lician nhw amdana i.

Ar y llaw arall, rhaid imi gyfadda 'mod i bellach wedi hen 'laru clywad sôn am Dinah Jones.

Rhyfadd meddwl mai dyna oedd 'i henw hi! Dw i'n cofio meddwl ar y pryd 'i bod hi'n swnio'n Gymraeg. Toedd hi ddim, wrth gwrs. Toedd dim ond edrach arni'n ddigon i ddeud hynny wrthach chi.

I've had my lunch some time ago and now I'm ready for my Dinah. Dyna ddeudish i wrthi wrth brynu'r ddiod gynta 'na iddi.

Chwerthin afreolus dros y bar i gyd. Wel! Roedd o'n ddoniol ar y pryd, toedd? Efo lysh yn y bol? Pawb yn troi i edrach. 'I dannedd gwyn hi'n dallu'r lle.

Ddim rŵan, wrth gwrs. Dim byd yn ddoniol rŵan. Dw i'n dallt hynny.

Tydw i wedi 'laru gorfod deud yr un hen beth drosodd a thro? Ailadrodd hyd syrffed. Pob manylyn. Pob sgwrs. Pob jôc wirion. Pwy ddiawl all gofio pob llygedyn o'r lol oedd yn 'i fol o echnos? Gwbod fod gan ddyn hawl i anghofio ydy hannar yr hwyl.

Ac wrth gwrs fod 'i blewiach hi ar y siwmper oedd amdana i. Ac olion 'i *nailvarnish* hi ar lastig 'y nhrôns i. Toedd hi trosta i fatha rash? Pawb yn y Goat yn gallu tystio i hynny.

Rown i'n gwbod cyn holi y dôi hi'n ôl efo fi. Naill ai hynny neu hi fasa'r *prick teaser* fwya mewn hanas! Wel! Ma' dyn yn gwbod, yn tydy? Yn gwbod ym mêr 'i esgyrn pan does dim raid iddo drio'n rhy galed. Peth rhwydda fuodd erioed. Nos Wenar. Y Dinah fach dinboeth 'na.

Fedra i ’im credu ’i bod hi wedi mynd. Mor llawn bywyd, toedd? Prin ddringo’r grisia a mynd i mewn i’n stafell i ddaru ni, nad oeddan ni wrthi. Hitha’n rhochian chwerthin mewn deuawd berffaith efo gwichian y blydi matras ’na. A finna’n cael gwaith cadw i fyny efo hi.

A gwlyb diferol oedd hi! Hyd yn oed llefrith yn dod o’i bronna hi. Yn gynnas ar flaena ’mysedd i. A finna’n dotio . . . blydi ffŵl diniwed â mi!

Be’ ddiawl own i’n meddwl oedd hi’n ’i wneud? Gollwng? Dyna arthiodd Cochyn ata i. Wnesh i ’im meddwl, naddo? Dim ond *kinky* neis, feddylish i. Cael llyfu llefrith cynnas odd’ar ’i bronna hi fel’na.

Be wyddwn i fod ganddi fab chwe wsnos oed? Neu fab arall pedair oed? Neu ŵr?

Ocê! Fe ddeudish i wrthyn nhw fod clywad hynny i gyd yn gythgam o sioc. A toedd o ddim, wrth gwrs. Ddim mewn gwirionadd. Ond *who cares* ’te? Yr unig sioc go iawn oedd gorfod gwrando arnyn nhw’n rhestru’r holl ffeithia ’ma amdani. Jest am ’i bod hi’n farw rŵan, dyna i gyd. Hogan handi gwrddish i yn y Goat un noson oedd hi i mi. Un glên. Un oedd yn barod i chwerthin ar ben pob jôc sâl fedrwn i feddwl amdani. Nid hanas ’i bywyd hi oeddwn i ar ’i ôl!

Ac ro’dd hitha ar yr un trywydd â fi’n union, dim byd yn sicrach ichi! Secs, nid stori’i bywyd hi oedd dan sylw. Chymra i ddim *crap* gyn neb am gymryd mantais a rhyw bolycs felly.

Ar y *pull* oedd yr hogan, nid ar *This is Your Life*.

Clywch! Maen nhw wedi dechra eto. Drysa'r celloedd er'ill yn cael 'u hagor a'u cau. Tasa cadw dynion diniwed yn effro drwy'r nos yn gamp yn yr Olympics fasa'r bastards ddim yn rhoi mwy o ymdrech i mewn i'r ymarfer. Pastynu'r drws 'ma fyddan nhw nesa, gewch chi weld! Blydi chwara plant!

'I gŵr hi ddylan nhw fynd ar 'i ôl, nid fi. Dyna dw i'n trio'i ddeud wrthyn nhw. Ond maen nhw'n 'cau gwrando. Ella mai fo ddaru 'i gadael hi yn y parc a'i phen hi'n deilchion. Wn i ddim 'ran ffaith. Ond mi wn i nad fi ddaru. Dw i'n berffaith siŵr o hynny.

Ddaethon nhw byth o hyd i'n watsh i, yn ôl y sôn. Er imi ofyn a gofyn amdani. Mrs Sweet and Sour wedi mynd trwy'r sianeli priodol, ebe hi. Dim sôn amdani'n unlle.

'Sgen i'm syniad faint o'r gloch 'dy hi. A dwi'n dal yn oer.

Du oedd hi, 'te? Dinah. Du go iawn. Nid rhyw esgus o liw. Trosti i gyd yn sgleinio'n llyfn las yn y nos. 'I bol bach hi'n dynn a siapus, babi neu beidio. Yn union fatha clustog. Yn feddal, ond efo mymryn o swmp ynddo fo'r un pryd. 'Dach chi'n gwbod be s'gen i? Iysi, sa'n dda gen i gael gorffwys 'y mhen ar y bol 'na'r funud 'ma! Cael 'i chroen hi nesa ata' i yn fan'ma. Tydy'r siwmpar 'ma'n dal i grafu fatha croen baedd?

Un o Blackburn oedd hi, yn ôl y sôn. Ble bynnag ddiawl mae fan'no! Aros yn y maes carafana cynta 'na ar y ffor' allan o'r dre. Chofia i mo enw'r lle.

Wedi bod yn dwyn ers pan oedd hi'n ddim o beth, decyn i! Dyna sydd i'w ddisgwyl efo'r siort yna, mwn! Mae o yn 'u gwaed nhw, rywsut, yn tydy? Dechra'n ifanc. A methu cicio'r habit.

Ro'dd Cochyn wrth 'i fodd yn torri'r newyddion imi gynna. Y watsh wedi dod i'r fei, medda fo. Yn y bag 'na oedd ganddi am 'i hysgwydd. Oeddwn i'n disgwyl i'r watsh fod yn 'i meddiant hi? ofynnodd o wedyn. Go brin, atebish inna. Ddim a finna wedi bod yn gofyn iddo fo a'i fêts ddod â'r blydi *thing* o'r *bedsit* ers deuddydd.

Ella 'mod i wedi rhoi'r watsh iddi, gynigiodd o wedyn. Ffordd o dalu am 'i ffafria hi, gan nad o'dd gen i fawr o arian parod arna i.

Rêl pen bach 'dy hwnna! Dw i wedi gweld cŵn yn mynd i balu am esgyrn efo mwy o glem na fo. Sgynno fo ddim trwyn am y gwir o gwbl. Hawdd deud wrtho fo. Trio profi 'mod i'n euog am na fedar o ddiodda 'ngyts i mae o, nid am 'i fod o'n gneud 'i ora i ddod o hyd i lofrudd Dinah Jones.

Ddeudish i hynny wrtho hefyd. Iysi! Mi a'th i dop y caetsh. Y boi arall 'cw'n gorfod deud wrtho am dawelu. Diffodd y peiriant a phob dim. Sgwrs reit gysetlyd rhyngddyn nhw a Mrs Sweet and Sour cyn gaen ni ailddechra.

Fawr o wahaniath wedi bod ynddi hi.

Tsheinî. Malay. Eifftes. Hogan o Wlad Groeg. Dw i wedi bod efo nhw i gyd yn 'y nydd. Hyd yn oed caru'n selog am dair wythnos solat efo hogan o Sir

Fôn, meddwn i wrthi. Gwamalu, 'te! Dim arlliw o ymatab. Fydd 'na byth, na fydd? Wn i ddim pam ddiawl dw i'n dal i drio efo hi.

Gynnyn nhw ddamcaniath newydd rŵan. Yn sgil y darganfyddiad mawr fod y peth bach yn lleidr. Wedi deffro ar ôl iddi fynd ydw i rŵan. Cael fod y watsh wedi'i dwyn. A rhedag allan i'r twllwch i chwilio amdani.

Motif newydd, hefyd. Nid dial am ryw sarhad rhywiol daflodd hi ata i wnesh i yn ôl y ddamcaniaeth newydd. Y ffaith iddi ddwyn oddi arna i gododd 'y ngwrychyn i, meddan nhw. Fel 'taswn i'n poeni ffuen am y blydi watsh 'na. Peth rhad ydy hi, p'run bynnag. Anrheg 'Dolig llynedd gan Llinos Llyg'id Mawr. Honno'n licio'i thwyllo'i hun ein bod ni'n canlyn o ryw fath – jest am 'mod i wedi bod yn cyboli efo hi ers blynyddoedd, on ac off.

'Sgen i ddim byd i ofidio yn 'i gylch yn ôl Mrs Sweet and Sour. Hawdd iddi hi siarad. Gafodd hi fynd adra'n ddiogel neithiwr. Ac eto heno. At y gŵr a'r Slumberland. Fi oedd fan'ma'n gorfod gwrando ar y drysa'n cael 'u bangio hyd berfeddion.

Ella 'i bod hi'n ddynas arall allan o'r hen siwtia trwm 'na. Yn glên. A hyd yn oed yn gallu gwenu. Ond be wn i? Ddaw rhyw garidym o gleiant fatha fi byth i wybod, na ddaw?

Tydi pob twll a blydi chornel yn drewi o foch? 'U hôl nhw ym mhob man. Trawstia'r llawr wedi'u codi a phob dim. Tydw i newydd fod wrthi ers awr yn gwneud yn siŵr 'u bod nhw'n gorwadd yn llyfn? Mi fydd y stiwdant 'na oddi tana i'n meddwl 'mod i'n claddu corff neu rwbath.

Pawb yn y blydi tŷ 'ma'n gwybod be ddigwyddodd imi bellach, siawns. Pawb yn y blydi dre, be haru fi!

Ella ga i 'nghyhuddo eto fyth. Pob dim yn bosibl, tydy, unwa'th ma'r byd yn dechra symud oddi ar 'i echal?

Ond y dystiola'th fforensig wedi troi o 'mhlaid i'n sydyn. Dyna ddeudodd hi, Mrs Ffani Oer Cyfreithiwr. Fedrwn i'm mynd i'r afael â phob dim fy hun. Prin fedru sefyll ar 'y nhraed oeddwn i ar y pryd, heb sôn am feddwl yn glir. Y funud ddalltish i 'mod i'n rhydd i fada'l, rown i am 'i heglu hi am y drws gynta fedrwn i. Hitha'n mynnu paldaruo drwy'i phetha.

Dim olion bysadd ar y garreg gafodd 'i defnyddio i'w lladd hi. Dim smic o'i gwaed hi ar 'y nillad i. Dyna ddeudodd hi, os ddalltish i'n iawn. Dim ôl mwd ar yr un pâr o sgidia s'gen i, 'chwaith. A phr'un bynnag, seis eits oedd yr olion yn y pridd. Dw i'n ddeg, ylwch!

Ymlaen â hi wedyn i sôn am y swobs roeddan nhw wedi'u cymryd o gont y graduras. Prin oedi i gymryd gwynt ddaru hi. Fel tasa'r cyfan yn golygu dim iddi. Digon i godi pwys arna i a deud y gwir. Byw ynghanol budreddi felly bob dydd wedi amharu arni, beryg! Er, dw i'n ama hynny'n hun. Un felly ydy hi wrth natur, os 'dach chi'n gofyn i mi.

’Run clais i’w ganfod arni, yn ôl y sôn. Dim ôl *forced entry*, chwedl hitha. Tasa Dinah Jones wedi bod yn dŷ a finna’n cael f’ama o fwrglera, fedra hi ddim fod wedi swnio’n fwy difatar.

Finna’n methu cau’r drws acw bellach. Sbïwch arno fo, mewn difri! *Forced entry* os buodd ’na un erioed. Mi fasa’r Teletubbies wedi gwneud gwell job o drwsio drws na’r blydi moch ’na. Y clo’n giami. A finna’n despret isho’i gloi o. I gael y lle ’ma i mi fy hun drachefn.

Mae’r dyn a fu’n helpu’r heddlu efo’u hymholiadau wedi ei ryddhau yn ddigyhuddiad. Dyna ddeudodd y boi ’na ar y radio gynna. Dim sôn am yr uffarn dw i wedi bod drwyddi. Na’r llanast gafodd ’i ada’l fan’ma.

Cŵl hefyd, erbyn meddwl. Fûm i ’rioed yn rhan o benawda’r newyddion o’r blaen.

Cam gwag oedd mynd i’r Goat amsar cinio. Pawb yno wedi clywad yr hanas. Cliff yn rhoi’r ddiod gynta ar y bar imi. Rhad ac am ddim, medda fo. *Welcome home present.* Tydy o wedi bod yn blismon ’i hun! Dal yn llawia efo’r bastards ar y slei, synnwn i fawr.

Y ddau’n falch o ’ngweld i, hefyd, meddan nhw. Fo a Gwenda. Wel! Un surbwch fuo hi erioed. Yn enwedig tuag ata i. Ond dyna fo. Hi sydd ar ’i chollad os na fedar hi ddallt ar ba ochr o’r frechdan ma’r jam.

Doedd gan neb arall fawr i’w ddeud, ’chwaith. Finna’n dechra difaru ’mod i wedi mynd yno o gwbl. Diolch i dduw am y bobl ddiarth, ddeuda i. O leia ro'dd rheini'n gwneud i'r lle edrach yn normal. Wrthi'n stwffio tships i'w cega, fath ag erioed. Dal i fwydo pres i'r *juke-box* fatha 'sa dim wedi digwydd.

Sylwish i'n syth fod y Neville hwnnw sy'n gweithio yn lle ni draw ar stôl ym mhen pella'r bar. Ond fedrwn i ddeud ar f'union fod rhyw swildod rhyfadd ar y naw newydd ddod dros y cradur. Prin godi'i ben o'i beint i ddeud hylô ddaru o. A rhaid fod y bwbach wedi sleifio allan pan esh i am slash un tro. Achos yn sydyn, doedd 'i wep o ddim i'w gweld yn unman.

Nid 'mod i'n chwilio am sgwrs, p'run bynnag. Dim ond am fod y pedair wal 'ma wedi mynd yn drech na mi esh i allan o gwbwl. A chyda'r nos fydd 'y mêts go iawn i yn y Goat, nid amsar cinio.

Cliff yn deud mai un o'r regiwlars ddaru roi'n enw i i'r heddlu. Yr athro bach llywath hwnnw fydd yno bob nos Wenar, yn cael llymaid efo'i frawd-yng-nghyfraith. Fo 'dy'r un sy'n briod efo'r flondan styning 'na sy'n gweithio yn Swyddfa'r Bost. 'Sach chi byth yn disgwyl iddi edrach ddwywaith ar 'i siort o, na fasach? Wel, hwnnw! Y fo ddôth o hyd iddi, yn ôl y sôn. Un hoff o groesi'r parc tra bo'r gwlith yn dal ar lawr ydy o, medda Cliff. Allan ben bora, ha a gaea, yn mynd â'i gi am dro. Rhan o drefn 'i ddydd o.

Yn ôl be ddalltish i, fe redodd nerth 'i draed i'r tŷ agosa a deud yn syth wrth yr heddlu 'i fod o wedi'i gweld hi'n gadael y Goat noson cynt efo fi.

Fedra i mo'i feio fo. 'Swn i wedi gwneud yn union 'run fath fy hun tasa gen i gi.

Sut ddiawl oedd o wedi llwyddo i'w nabod hi, deudwch? Dyna 'swn i'n licio'i wbod. Pan ddangosodd Cochyn y llun 'na ohoni i mi echdoe, bu bron imi lithro o dan bwrdd. Toedd y wynab tlws 'na bron â'i falu'n ddim! Dim golwg o ddannadd ar gyfyl y llun. Y rheini hannar ffordd i lawr 'i chorn gwddw hi, yn ôl y sôn. Trwch y colur ar 'i chroen hi wedi'i geulo'n rhan o'r benglog. A'r wên wen 'na'n waed trosti.

Hi, Mrs Anthony, ar ben y landin pan ddois i'n ôl o'r dafarn.

Holi sut own i. Finna wedi disgwyl yr arthio arferol. Teimlo'n euog wedyn 'mod i wedi ffromi arni o'r eiliad welish i hi wrth imi droi'r gornel ar y grisiau.

Roedd hi'n dallt be esh i trwyddo, medda hi. Dw i'n ama, meddwn inna.

'I thystiolaeth hi ddôth â fi'n rhydd, oedd yr honiad nesa. Gwên falch ar draws 'i hen wynab crychiog hi. Finna'n gwenu'n ôl.

Yr heddlu wedi'i holi hitha'n dwll, medda hi. A hitha wedi'u darbwyllo nhw na fedrwn i byth lofruddio neb. Toedd hi wedi clywed sŵn 'n caru ni? A chlep y drysa'n cau wrth i Dinah fadal? Doedd 'na neb yn gwbod mwy am 'y ngwendida i na hi . . . Ac roedd hi wedi deud wrth y glas 'i bod hi'n fodlon tyngu llw ar fynydd o feibla nad oedd lladd o fewn 'y ngallu i.

Gen i ffan go iawn yn fan'na rŵan. Finna'n ysu dod i mewn drwy'r drws 'cw drwy'r amsar. Rown i eisoes wedi rhoi'r goriad yn y clo . . . am be 'dy werth o! . . . 'Sa babi blwydd yn medru gwthio'r drws 'cw ar agor dim ond iddo drio'n ddigon calad . . . A hitha'n mynnu malu 'mlaen. Be ofynson nhw. Be atebodd hithau.

Angen dyn cry arni, medda hi wedyn. Faswn i'n mynd i'w lle hi i sodro'r ffenast? Y ffrâm bron â syrthio allan ohoni, yn ôl yr honiad. A chwara teg! Tydy'r pren 'na ddim ffit.

Mi esh i i wneud be o'dd 'i angen arni, yn do? Wel! Mi wn i 'mod i wedi deud erioed na faswn i'n piso arni tasa hi ar dân, ond gwan dw i, yntê? Yn enwedig lle ma' mymryn o sgert yn y cwestiwn. Yr hyna a'r hylla ohonyn nhw'n medru 'nhroi i o gwmpas 'i bys bach . . . dim ond iddi drio'n ddigon calad.

Roedd hi'n daer am imi gymryd te efo hi wedyn. Ond gwrthod wnesh i.

Dw i'n difaru rŵan, tydw? Y llefrith 'ma oedd gen i yn y ffridj wedi hen droi.

Chwerthin ddaru Llinos pan ddeudish i wrthi am antics Mrs Anthony pnawn 'ma.

Tydi hi erioed wedi'i chwarfod hi, mae'n ymddangos. Finna'n synnu braidd, a deud y gwir. Ond dyna ddeudodd hi. 'I nabod hi o ran golwg yn unig, medda hi . . . Wel! Toes ffasiwn olwg ar y graduras . . . Pawb yn y dre 'ma'n nabod Mrs Anthony o ran 'i gweld . . . Ond y ddwy erioed wedi torri gair efo'i gilydd . . . dyna honnodd Llinos.

Y tro cynta erioed i honno ddod i'r stafall 'ma heb inni gael rhyw. Y tro cynta' iddi gerddad i ben y grisia 'cw'n gwbl sobor hefyd, erbyn meddwl.

Poeni amdana i oedd hi, medda hi. Cliff wedi deud 'mod i wedi bod yn y Goat amsar cinio a hitha'n methu dallt lle'r own i heno. Fe adawodd gêm o darts ar 'i hannar a phob dim, os ddalltish i'n iawn. Wedi 'laru disgwyl 'y ngweld i'n dod trwy'r drws, medda hi. A cherddad draw ddaru hi. Hitha'n wlyb diferol pan gyrhaeddodd hi. Dw i wedi deud wrthi droeon am brynu cot gall. Ond tydi hi fawr o un am wrando ar be s'gyn 'run dyn i'w ddeud wrthi.

A mae 'na ryw nytar a'i draed yn dal yn rhydd, meddwn i wrthi wedyn yn reit egr.

Rhyw fwmial chwerthin ddaru hi at hynny. A phaldaruo draw fan'cw wrth y tân trydan. Y stêm yn codi o wlân 'i hanorac hi. A'r hen recsyn tywal 'ma'n esgus sychu'i gwallt hi.

Rhaid 'i bod hi'n un sy'n gwrido'n hawdd heb lysh yn 'i bol. Achos fe gochodd fel pelen o dân. Finna erioed wedi sylwi arni'n gwneud hynny o'r blaen, ylwch!

Soniodd hi'r un gair am Dinah. Na holi dim am yr oria dreulish inna yn y clinc. 'Run gair amlwg am ddim. Pawb yn dre yn siarad am y peth, medda hi. Own i'n iawn? A dyna fu.

Fe gynigiodd wneud tamad imi, chwara teg. Roedd hi'n reit *keen* ar y syniad, a deud y gwir, tan iddi sbio'n iawn a gweld ffasiwn le sydd ar y gegin 'cw.

Tydi hi ddim yr hogan fwya *domesticated* nabyddish i 'rioed. Ac i fod yn deg â hi, ma' cyflwr fa'ma'n ddigon i dorri calon rhywun.

Doedd hi erioed wedi sylweddoli mor llwm oedd petha arna i, medda hi wedyn. Fel 'tasa hi'n 'y mhytio i'n union. 'I hen lais bach main hi'n gafael yno' i fel gelain. Mi gododd 'y ngwrychyn i'n syth. Iawn i mi gael lladd ar y lle 'ma, tydi, ond doedd ganddi hi'r un hawl i ddeud gair o'i phen, nag oedd?

'Y mhres i i gyd yn mynd ar genod fatha hi, atebish inna. A difaru'n enaid syth bìn, wrth gwrs. Tydy Llinos ddim fatha'r genod er'ill, nac'dy? Chwara teg!

Roedd hi am inni fynd i lawr i'r prom, wedyn. Nôl tships o'r tec-awê hwnnw sydd ar agor hyd berfeddion.

Pum munud o gerddad fydd o. Croesi'r Maes. A thrwy'r parc. A dyna ni.

Hawdd iddi hi siarad, toedd?

Finna'n 'cau mynd am hydoedd. Ac yn gwrthod deud pam. Cyn imi gofio'n sydyn fod fan gwaith yn dal gen i wrth dalcan y tŷ ers nos Wenar.

Mi fuon ni'n ista yn y blydi fan 'na am hannar awr dda, yn hytrach na dod â'r bwyd 'nôl fan'ma. Diflas oedd o hefyd. Ond gwell na'r pedair wal 'ma, mwn!

Doedd gan y naill na'r llall ohonan ni fawr i'w ddeud. Dyna'r drafferth! Dwyn amball dshipsan o gôl 'n gilydd a distawrwydd mawr. Sgrêch amball wylan i'w chlywad uwch ein penna ni bob yn hyn a hyn, mae'n wir. A chlegar Saeson o'n cwmpas ni'n barhaus. Ond mudandod mawr yn y fan 'i hun. Siop siafins go iawn. Yn 'y mhen i. A dan draed y ddau ohonan ni go iawn.

Ysu isho sôn amdani hi oeddwn i. Ond doedd fiw imi yngan 'run gair am Dinah, rywsut. Ddim wrth Llinos o bawb.

Yna, wrth 'i gyrru hi adra, dyma hi'n dweud na ddylwn i fod wedi poeni am orfod cerddad drwy'r parc wedi'r cwbwl. Ma'r lôn o'r prom yn dod â chi reit rownd ato. A tydy'r blydi lle ar gau o hyd? Yr heddlu wedi rhoi rhuban melyn yr holl ffordd o'i gwmpas o. A phlismyn wrth bob giât. Disgrifiad manwl gan Llinos wrth imi gadw'n llygada'n syth ar y ffordd o 'mlaen i a gwneud 'y ngora glas i beidio sbio. Sgrialu rownd gornal a mynnu'i bod hi'n cau 'i blydi cheg.

Rhaid 'i bod hi wedi llwyddo i ddallt yr hyn oedd yn 'y mhen i'n gynharach pan own i'n gyndyn i gerddad lawr i'r prom. Dyna sy wedi codi'r braw mwya arna i mewn gwirionedd. Dw i'n dallt 'i bod hi'n fy nabod i'n bur dda. Ond dw i ddim am iddi edrach reit mewn i 'mhen i, 'chwaith. Hen ast beryg fuo Llinos erioed!

Gallu ogleuo'r ffish oedd o, medda fo. Dyna sut y gwydda fo 'mod i wedi *defnyddio'r fan at ddibenion personol*, chwedl ynta.

Cael y sac ar gownt be gesh i i swpar echnos? Go brin. Mae o a finna'n gwybod yn well na hynny. Twll 'i din o, ddeuda i! Fo a'i hen joban ceiniog a dima.

Droish i 'nhrwyn at y Goat yn syth ar ôl cael 'y nghardia. O hir arfar, debyg! Ond cyflyma' i gyd rown i'n cerddad mwya i gyd rown i'n corddi. Nes yn diwadd, fedrwn i yn fy myw wynebu mynd ar gyfyl y lle. Prin ddeuddeg oedd hi. A meddwl am Gwenda fan'no'n snigro ym mhen pella'r bar ac yn deud fy hanas i wrth bawb fasa isho gwrando yn codi pwys arna i rywsut.

Rhy hwyr am beint bellach, tydy? Ella a' i fory.

Rheitiach imi g'nilo 'mhres, p'run bynnag. Rhent i'w dalu toc. Dim cyflog.

Cochyn wrth 'y nrws i wedyn ganol pnawn. Gweld 'i wep o'n ddigon i fferru 'ngwaed i. Digwydd pasio oedd o, medda fo. Isho dychwelyd y fideos ddaru nhw'u cymryd ddydd Gwenar. Hen wên fach giaidd yn lledaenu dros 'i wynab o wrth estyn y bag plastig imi.

Waeth ichi'u cadw nhw'ch hun ddim, meddwn i. Tydy'r peiriant fideo heb weithio ers misoedd.

Mae o'n dal ar y bwrdd gen i, draw fan'cw. Y bag plastig. Mi allsa llunia'r genod ar y cloria fod wedi bod o gysur imi, ella. Ond toedd arna i fawr o chwant.

Affliw o ddim rown i am 'i weld ar y teli trwy'r nos 'chwaith.

Minna wedi rhyw feddwl y basa Llinos Llyg'id Mawr wedi dod i edrych amdana i ryw ben. Ond ddôth hi ddim. Dim siw na miw ganddi heddiw.

Sŵn y blydi glaw 'na'n dylifo i lawr o'r bondo bron â 'ngyrru i'n horlics. Tydy'r beipan 'na wedi torri'n rhydd ers bron i flwyddyn. Y tamprwydd i'w weld yn dechra dangos. Finna erioed wedi sylwi o'r blaen.

O leia mae'i gŵr hi tan glo heno. O'r diwadd! Soniodd Cochyn 'run gair yn gynt. Mi fasa hynny wedi gofyn gormod ganddo. Y teli ddeudodd wrtha i. Newyddion hwyr. Jest rŵan. Cyn clwydo.

Welith o, mwy na finna, fawr o gwsg heno. Ac mi ddylwn deimlo'n falch, mae'n debyg. Ond tydw i ddim. Tydw i'n teimlo dim.

Ocê! Dw i'n gwybod 'mod i'n wirion yn gwario 'mhres prin ar drwsio'r peiriant fideo. Ond 'y mhres i ydy o, ocê. A tydy o ddim gronyn mwy gwirion na'i bisio fo yn erbyn wal tŷ bach y Goat.

Dyna ddeudish i wrth Llinos. Anodd peidio colli 'ngwrychyn efo hi weithia. Dod fan'ma i edliw imi ffordd dw i'n dewis byw. Y llyg'id mawr 'na'n llawn cyhuddiada. Os ydw i isho eistadd fan'ma'n gwylio porn hyd berfeddion, mi wna i. Ac os ydw i isho yfad fy hun i ebargofiant bob yn eilddydd, mi wna i hynny hefyd.

Wel! Tydw i wedi 'laru ar y swnian. 'Sgen i 'im isho symud ati hi a'i mam i fyw. Na gweithio yng ngarej 'i Hyncl Dei hi.

Trio cael rhyw afael drosta i mae hi. Meddwl 'i bod hi wedi gweld 'i chyfla, ylwch! Gobeithio y gall hi gael y gora arna i. *Wel! Chei di byth mo dy facha arna i, hogan. Dallt?* Dyna ddeudish i wrthi. Hi a'i hen draed mawr wedi bo'n stablu ar hyd y stafall 'ma ers dyddia, fel tasa hi berchen y lle. Twtio. Rhoi trefn ar bob dim. Cymryd 'y nillad i i'w golchi. Does 'na ddim diwadd ar 'i hyfdra hi.

Nid nad ydw i'n ddiolchgar yn fy ffordd fy hun. Mi ddylwn fod, dw i'n dallt hynny. Ond llanast o hogan ydy hi, ar fy llw. Un o hen grysa'i thad amdani heno, medda hi. Hwnnw yn 'i fedd ers blynyddoedd o'r hyn ddalltish i. Sgidia fatha sgidia dyn ganddi am 'i thraed hi hefyd. Actio fel tasa hi'n un o'r hogia yn y Goat. Cogio bod yn fêt. A'i bacha hi ar y prowl drwy'r amsar. Ddim gronyn gwell na'r lleill i gyd.

Ddeudish i wrthi hefyd heno. Heb flewyn ar dafod. Doeddwn i erioed wedi gofyn 'i barn hi am y fideo. Erioed wedi gofyn iddi olchi'r un dilledyn trosta i. Ond doedd dim gobaith 'i chael hi i wrando.

Gododd hi fraw arna i, deud y gwir. Dyna pam gollish i'n limpyn go iawn. Y dwylo 'na'n pawennu trosta i. Y llais 'na'n arthio arna i. 'Y ngorfodi i i weiddi'n uwch er mwyn cael gwrandawiad. Wel! Iysi! Does 'na'm dyn yn fyw alla ddiodda'r fath sterics. Popeth wedi'i wneud er 'y mwyn i, medda hi. I f'amddiffyn i. Iddi hi gael closio ata i. Am 'i bod hi'n 'y ngharu i . . .

Hynny oedd y diwadd. Dyna pryd rois i gelpan ar draws 'i boch hi. Mi wn i'n ddigon da na ddylwn i fod wedi gwneud. Ond mae o wedi'i wneud rŵan, tydy? Ac mae 'na ben draw i'r hyn all dyn 'i gymryd, yn toes?

Redodd hi o'ma wedyn. Yr holl gynddaredd 'na fu ynddi wedi troi'n ddŵr. Mi sgrechiodd 'i rhegfeydd yr holl ffordd i lawr y grisia 'na. *A chdi ddaru.* Dyna waeddodd hi wrth ddrws y ffrynt. Honni mai fi laddodd Dinah Jones, wedi'r cwbl. Ac am i'r byd i gyd gael clywad. Ro'dd hi Mrs Anthony a'r stiwdant bach lawr grisiau ill dau yn 'u hystafelloedd ar y pryd, dw i'n gwbod yn iawn. Ond ddôth 'run o'r ddau i weld be oedd achos y twrw. Llinos wedi codi gormod o ofn ar y ddau, mwn! Blydi bitsh wallgo.

Agora i byth mo'r drws 'na iddi eto. Ar fy marw, wna i ddim.

Fasa fo byth wedi mynd a gadael 'i blant ar 'u penna'u hunain yn y garafán. Dyna 'dy'r pennawd bras yn y *Daily Post* heddiw.

Yr heddlu wedi'i ryddhau o. Y cwpwl yn y garafan nesa'n deud iddyn nhw orfod codi i gwyno wrtho fo fod y radio'n rhy uchel. Deirgwaith, yn ôl y sôn. Unwaith tua hannar wedi hannar. Unwaith eto tua chwartar i un ac unwaith eto fyth chwartar wedi.

Mae'n iawn ichi fyddaru'ch plant, mae'n amlwg. 'U gadael nhw ar 'u penna'u hunain 'dy'r pechod. Neu ladd 'u mam nhw.

Golwg filain ar y naw arno fo yn y papur. Bastard mawr du!

Doedd gan Llinos fawr i'w ddeud am y peth. Fydd hi byth am drafod be ddigwyddodd.

Preim sysbect arall wedi mynd yn rhydd oedd dyfarniad Gwenda. Efo'i hynawsedd arferol!

Heb fod i'r Goat ers dyddia. Llinos lusgodd fi

draw. Mae hi wedi dwyn perswâd ar 'i mam i adael imi gael y llofft sbâr yn 'u tŷ nhw. Dros dro. Fatha lodjar. Os dw i'n gorfod hel 'y mhac o fan'ma mi fydd angan rhwla arna i i roi 'mhen i lawr. A tydy bod yn lodjar ddim 'run fath â bod yn *other half*, yn nagdy?

Seis eit! Wir dduw ichi! Bu bron imi lewygu. Y rhif i'w weld yn glir ar odre'r hen sgidia mawr hyll 'na.

Ocê! Dw i'n gwbod 'mod i wedi mynnu cael y llofft bach i mi fy hun, ond mae ganddi hi wely dwbl, toes? Mwy o le i garu. Gwell matras na'r un yn y llofft gefn. A ph'run bynnag, pan fydd hi'n gwneud y llyg'id llo 'na arna i, fedra i yn fy myw 'i gwrthod hi.

Dw i ddim yno bob nos, dalltwch! Ddim o bell ffordd.

Ddim am 'i deffro hi oeddwn i. Dyna pam rown i'n sleifio i'r tŷ bach heb gynna'r gola bach. Ac wn i ddim pam feddylish i ffasiwn beth ym mherfeddion nos, mwy na'r un adeg arall. Ond y funud faglish i ar draws yr hen sgidia mawr 'na yn y twyllwch, mi ddoth imi fel bollt. Wn i'm pam ddiawl dw i heb feddwl tshecio o'r blaen.

Esh i â'r pâr allan o'r stafall efo fi. I gael sbio arnyn nhw'n iawn yn y tŷ bach. Efo'r gola 'mlaen. A dyna lle'r oedd yr arwydd cyn wired â phared. Rhif 8. Ar fy llw. Ar y ddwy esgid!

Mi rewish yn gorn. Methu meddwl yn glir. Methu piso'n syth.

Dychwelyd i 'ngwely'n hun wedyn. Chwys oer trosta i. Gofalu rhoi'r sgidia'n ôl wrth 'i gwely hi cyn gwneud. Deud wrtha i'n hun nad oedd fiw imi ddeud dim wrthi. Fiw imi ddangos fod 'na ddim o le. 'Mod i'n gwbod. Fiw iddi hi ama 'mod i wedi dechra dallt y gwir.

'I mam hi'n lladd arna i bora 'ma. Esgus iddi gael 'i deffro gan y'n sŵn i yn y lle chwech. Heb arfar ers tro byd efo sŵn dyn yn stablu o gwmpas ar y landin yn y nos, medda hi. *Gwell ichi ddod i arfar. Dw i yma i aros* meddwn inna.

Llinos yn gwenu'n braf o glywad hynny. 'I gymryd o fel arwydd iddi gael 'i ffordd, mae'n debyg. Fod 'i chynllwyn bach hi wedi gweithio. 'Mod i heb yr obadeia lleia o'r hyn mae hi wedi'i wneud.

Ma'r ddwy wedi mynd i'w gwaith ers meitin. Y bitsh jelys, llyg'id mawr, a'i gwrach o fam. Mi ddylwn i fod yn meddwl beth i'w wneud nesa, mwn. Ond fedra i ddim. Mae 'mhen i'n brifo gormod. Gweld y llunia 'na o Dinah Jones yn gelain yn 'y ngho i bob munud. Ôl y sgidia mawr 'na ar y llofft uwchben yn sgrechian yn 'y mhen i . . .

Llinos, ylwch! Yr hen ast gelwyddog. Honno sydd wedi bo'n deud llond trol o gelwydda amdana i. Honni 'mod i wedi cyfadda wrthi mai fi ddaru trwy'r amser. Bostio am y peth wrth orwadd efo hi yn 'i gwely liw nos. Dyna ddaru mi, medda hi. Fel taswn i'n ddigon gwirion i wneud ffasiwn beth. A'i mam hi'n fodlon tyngu 'mod i wedi sôn wrthi hitha hefyd. *As if!*

Toeddwn i wedi dallt yr holl amser fuish i yn y tŷ 'na nad oedd fiw imi grybwyll enw Dinah Jones.

Wel! Mae ar ben arni rŵan, does dim yn sicrach.

Mrs Anthony châth hi gen i i ddechra! Meddwl mai honno oedd wedi mynd yn ôl at 'i hen ffyrdd. Ond mi ddylwn fod wedi dallt mai Llinos oedd gwraidd y drwg drwy'r amsar.

A wyddwn i ffyc ôl am y babi. Teimlo'n rêl coc oen. Medru gweld yn glir faint o blydi ffŵl mae hi 'di gwneud imi edrach. Be ddiawl 'dy'i gêm hi, deudwch? Am fabi i'w fagu a rhoi'i dad o yn carchar efo llwyth o gelwydda!

Soniodd hi'r un gair am fabi. Dallt y baswn i wedi hel 'y mhac ymhen chwinciad, mwn? Tydy'r ast yn 'y nabod i'n rhy dda! Iysi! Dw i wedi ymhel efo amball hen sglyfath yn fy nydd, ond hon 'dy'r ora eto.

A chau gwrando arna i ma'r heddlu 'ma o hyd. Tydw i wedi deud a deud wrthyn nhw am 'i sgidia hi nes 'mod i'n biws. Ond dal i chwerthin mae Cochyn. *Rhaid ichdi wneud yn well na hynny y tro yma.* Bastard seimllyd!

Be ddiawl dw i am wneud?

Mrs Sweet and Sour yn 'y nghynghori i i gadw 'ngheg ar gau. *Peidiwch atab. Does dim raid ichi ateb hynny. Deud dim fasa ora rŵan.* Siarad yn dod yn rhwydd iddi hi. Hawdd deud ohoni. Dyna'i joban hi, siawns.

Hitha mor ffroenuchal ag erioed.

Siwt newydd amdani. Un ddu. Reit secsi a deud y gwir. Gwisgo'i chyfoeth fatha croen. Ond yr un hen bersawr. Un mae'n gwbod eisoes 'i fod o'n ogleuo'n dda arni, debyg! Yr oerni cysact yna ydy'r union beth sy'n 'y nghorddi i fwya. Mi alla i deimlo ym mêr fy esgyrn 'i bod hi naill ai'n dinboeth y diawl yn gwely, neu'n werth 'run tatan. Ac mi wn i ar ba un o'r ddau ddewis y baswn i'n rhoi 'mhres, hefyd.

Ddo i byth i wybod. Dw i'n dallt hynny. Mi wn i'n iawn sut mae'r byd yn troi. Dim byd yn waeth na *prick tease* mewn tipyn o awdurdod. Rhoi pos o flaen pidlan dyn rownd y ril. A byth yn cynnig atab.

Gwrthod atab dw inna am wneud rŵan. Pob dim maen nhw'n ofyn, gwrthod deud dim byd. Rhyw dacteg amddiffynnol ar y naw. Ond does dim raid imi wrando ar 'i chyngor hi, medda Mrs Sweet and Sour. Matar i mi oedd o yn y pen draw. A duw, dw i wedi drysu!

Neb isho clywad am y sgidia seis eit. Pawb yn crechwen. A Llinos yn feichiog ers deufis.

Na. Wyddwn i ddim. Ocê! Wyddwn i ddim! Wrth gwrs 'mod i wedi gweiddi ar y cont.

Own i o blaid erthylu? Own i'n meddwl mai dyna'r peth gorau yn yr amgylchiadau? Oedd cael gwared ar fywyd yn gwbl ddealladwy pan oedd hi'n fatar o gyfleustra?

'Sgen i'm isho clywad 'run gair pellach am y babi yn 'i bol hi. Ddeudish i wrtho fo'n strêt. Mae hi wedi bod ar y bilsan ers blynyddoedd, medda hi. Ac rown i'n arfar cofio gofyn iddi bob tro cyn cyffwrdd ynddi. Ond pan 'dach chi'n byw dan yr un to â rhywun, mae'n wahanol, mwn! Petha felly'n tueddu i gael 'u cymryd yn ganiataol.

Bitsh 'dy! Bitsh fel na fuodd erioed 'i bath. Wedi lladd y peth bach 'na o Blackburn. Llwyddo i daflu'r bai arna i. A toes 'na neb yn gwrando!

Does 'na neb yn gwrando, ylwch! Neb yn codi twrw heno, 'chwaith. Miri'r drysa'n cael 'u cau wedi dod i ben, mae'n rhaid.

Mrs Sweet wedi cael mynd adra at 'i gŵr am noson arall. Llinos yn saff yn 'i semi. Siŵr o gael cydymdeimlad pawb, yn tydy? Y llygaid llo 'na'n edrach mor ddiniwad. A 'mychan i yn 'i bol hi!

Ofynnish i gynnau am iddi ddod i 'ngweld i. Wn i ddim ddaru nhw ofyn iddi go iawn, ond deud 'i bod hi'n gwrthod gesh i'n atab.

Fy annwyl dwrne'n falch o glywed. Ddim am imi dorri gair â neb. *Parhewch i helpu'r heddlu'r efo'u hymholiadau.* Dyna i gyd gesh i ganddi.

Sut fedra i helpu neb a derbyn 'i chyngor hi o ddeud dim 'run pryd? A ph'run bynnag, waeth gen i ffuen am 'u helpu nhw! *Beth am y'n helpu i am change? Yr unig un dw i am 'i helpu ydy fi fy hun. Wyt ti'n gwrando, byd mawr hyll? Fi 'dy'r unig un sy'n bwysig rŵan!*

Tawelwch. Neb yn gwrando. Neb yn clywad. Neb am dorri gair.

I fa'ma ddesh i wedi'r cwbl. Wn i'm pam. Nunlle arall i fynd, mae'n debyg. Tydy'r lle 'ma wedi bod fathag ail gartra imi ers cyn co'. Finna heb gartra cynta bellach.

Twll 'dy o hefyd, o sbio'n iawn. Rêl dymp! Haws gweld hynny o'r gornal 'ma, rywsut. Yr unig baent ffres welodd y lle ers blynyddoedd ydy hwnnw sy'n drwch ar draws wynab Gwenda.

Doedd dim peint rhad ar y bar imi heno. Fawr o groeso. Gan neb ddim i'w ddeud. 'Rioed wedi bod fawr o un am eistadd mewn tafarndai. Draw fan'cw'n sefyll wrth y bar fyddwn i fel arfar. 'Blaw 'mod i bellach yn teimlo fel rhech ar ddwy droed bob tro dw i'n twyllu'r drws 'cw.

A ph'run bynnag, ma' hon efo fi heno, tydy? Mrs Anthony! Nid 'i bod hi'n fawr o gwmni. Sbïwch arni, mewn difri calon!

Mi ddôth at'i hun am fymryn pan roish i'r ail ddiod 'na ar y bwrdd o'i blaen hi. Ond mae'n pendwmpian eto fyth. Golwg fel jipsan arni. Ac mae'n drewi braidd, dw i newydd sylweddoli.

Yn Queens fydd hi'n llymeitian fel arfar, medda hi. Nes iddi. Haws llusgo'i thraed i fan'no na draw fan'ma i'r Goat.

Roedd rhaid imi gynnig diod iddi, toedd? Peth lleia'n y byd fedrwn i 'i wneud a hitha'n gadael imi gysgu acw heno. Lwc mul 'mod i wedi dod ar 'i thraws hi wrth 'i negas. Finna heb nunlle arall i fynd iddo. Dim to uwch 'y mhen. Dim pres am lety noson. Dim cerpyn glân i newid iddo, bron.

Ocê! Dw i'n gwbod gesh i fynd i mewn i'r tŷ i nôl ychydig betha, ond wyddwn i ddim lle oedd hannar 'y nillad i. Llinos ar ganol llwyth o olchi pan ddaru nhw ddod i'n nôl i ddoe a finna ddim callach lle oedd pob dim.

Plismon bach eiddil yr olwg yn 'y nilyn i i bob twll a chornel. Gwneud imi deimlo fel pyrfyrt wrth fynd trwy'r droriau'n chwilio am bâr o drôns glân. Ddoish i o'na gyntad medrwn i. Gorfod gadael y 'goriad efo fo.

Roedd hi acw drwy'r amsar, erbyn dallt. Llinos. Wedi ei harestio awr union ar fy ôl i. Yn yr un cop siop â fi yn union. Mewn rhyw ran arall o'r adeilad, mwn. Fi yn 'y nghell drwy'r nos. A hitha'n cael 'i hambygio go iawn gan y Cochyn 'na. I lawr y coridor yn rhywle, mae'n rhaid. Hwnnw wedi gwrando arna i wedi'r cyfan, erbyn dallt.

Llinos dan glo. A fi'n derfynol â 'nhraed yn rhydd.

Ŵy 'dy ferwi a darn o Ryvita. Sypreis bach imi, medda hi. Angan rhwbath cryfach nag ŵy arna i ar ôl noson o baldaruo efo hi.

Mi wela i rŵan pam fod yr hen fodan yn arfar clywad pob smic trwy'r wal 'na. Ar 'i thraed drwy'r nos mae'r graduras. Fel gwiwer ar bopyrs.

Un bach brown oedd o. Peth dela welsoch chi 'rioed. Finna byth yn meddwl berwi ŵy i mi fy hun fel arfar. Y badall ffrio'n haws gen i rywsut. Wn i'm pam.

Teimlo fatha hogyn bach yn cael mwytha wrth dorri pen yr ŵy ’na i ffwrdd. Fel fyddwn i efo Anti Jean erstalwm.

Erbyn edrach, doedd ganddi’r un briwsionyn o fara ffres ar gyfyl y lle ’ma. Hynny’n gofyn gormod, mwn! A ddeudish i wrthi am beidio trafferthu nôl peth i mi. Fydda i ddim yma i gael ’i brechdana bondigrybwyll efo hi amsar cinio. Mi driish i ddeud wrthi. Ond wedi mynnu mynd mae hi. A finna’n rhy flinedig i hel ’y mhac a dianc o’ma tra’i bod hi allan. Dyna ddylwn i’i wneud. Nid eistadd fan’ma ’nghanol nialwch Mrs Anthony. Rhy flinedig i feddwl mudo. Rhy oer i gyffro.

Dyna pam fydd hi’n yfad cymaint, yn ôl ’i sôn hi neithiwr. I gadw’r oerfal draw. *Mae’r awal oer ’ma’n heglu am f’enaid i bob cyfla geith hi*, medda hi. Rhyw ddrysu wedyn am drio magu côt ffwr y tu mewn i’w chroen hi. *Gan na fedra i fforddio un ar gyfar y tu allan, yntê*? chwedl hitha. ’I llais hi’n grand i gyd. Fatha ledi go iawn. ’Blaw tydy hi ddim, wrth gwrs. Yn ledi go iawn, hynny ’dy. Dim ond cogio bod yn rhwbath tydy hi ddim fydd hi yn y pen draw. Fatha pob dynas nabyddish i erioed.

Clywch y glaw ’na! Hen ddiwrnod brwnt arall o’n blaena ni.

A golygfa dda s’ganddi’n fan’na. Feddylish i ’rioed o’r blaen am bopeth fedar Mrs Anthony ’i weld. Ffenast yn ffrynt y tŷ, ylwch! Finna wedi gorfod bodloni ar ffenast y llofft gefn trwy f’oes.

Paci ga’th y’n hen stafall i. Mae o’n cadw llai o

sŵn na fyddwn i, yn ôl be dw i'n ddallt. Ond yn drewi'n waeth. Hi ddeudodd!

Mi ddylach chi drio dod yn ôl i fan'ma. Dyna ddeudodd hi. *Dw i'n siŵr fasa'r lanlord yn ildio dim ond ichi gael joban arall ac i betha setlo i lawr ar ôl yr holl helynt 'ma.*

Bu bron imi dagu ar 'y nghypa sŵp! 'Y ngweld i'n gwneud gwell cymydog iddi na'r Paci blewog 'na oedd hi. Dyna i gyd.

Er gwaetha'r holl dwrw a genod? ofynnish i'n bryfoclyd.

Ia! Er gwaetha'r rheini hefyd, oedd yr atab. Rhwbath reit fudr yn 'i chwerthiniad hi. Doeddwn i erioed wedi sylwi o'r blaen.

Mi fedar weld ar draws y parc o fan'ma. Draw at y Maes, heibio'r castall ac at y môr.

Pob man yn ddu. Y glaw 'ma'n cau amdanan ni.

Draw fan'cw fydda Llinos yn arfar sefyll medda hi. Reit o dan y polyn lamp ar y gornel. Sefyll. A stablu'i thraed yn achlysurol, jest i gadw'n effro. Neu gadw'n gynnas. Neu'r ddau. Nid bob nos, medda hi. Jest pan fydda 'na rwfun diarth wedi dod 'nôl efo fi. Rhyw *lady friend*, chwedl Mrs Anthony. Cadw gwyliad, alwish i o.

Bugeilio fynnodd Mrs Anthony 'i alw fo.

Ond bugeilio be? Dyna fynnish i'i ofyn wedyn.

Yr ŵyn cyn iddyn nhw fynd i'w lladdfa, atebodd hitha.

Lle mae hi rŵan, deudwch? 'Mochel yn rhywle, raid! Yn diflasu rhywun i ebargofiant efo'i chlebar.

A'r dorth 'na dan 'i chesail hi mor wlyb â hithau, synnwn i fawr.

'Sgwn i oedd hi'n deud y gwir! Be ddeudodd hi am Llinos Llyg'id Mawr. 'I bod hi allan fan'cw'n loetran hyd berfeddion bob tro y byddwn i'n rhoi clec i rywun.

Taswn i wedi styrio 'swn i ar y trên deg i Gaer erbyn hyn.

Dim sôn am ddim ar y newyddion. Neb wedi'i gyhuddo o ddim hyd yma. Rhaid dal i aros, mwn.

Peth del draw fan'cw. Cochan. Siaced *fleece* binc amdani. *T-shirt* tynn. Smocio. Y giard newydd ddeud wrthi am 'i diffodd hi. Hitha'n cau gwrando. Unwaith fydd 'na un yn 'i cheg hi, rhaid iddi gael gorffan y job yn iawn, medda hi. Glywish i hi'n deud. Uffarn o ges.

Fe gochodd y giard a cherddad yn 'i flaen heb drafferthu gofyn am weld 'y nhocyn i.

Un o genod dre', synnwn i fawr. Er, tydy hi'm yn gyfarwydd imi 'chwaith.

'Genod dre' o ddiawl! Be haru fi! Toedd hi ar y tren yn barod pan ddoish i ymlaen! Ydw i'n dechra' drysu, ta be?

'Sgwn i be sy'n mynd â hi i Gaer ar y *super saver*? Ar y gêm, ella? Glywish i fod hwrod gogledd Cymru'n aml yn hel eu pac i Lerpwl neu Fanceinion am y prynhawn i ehangu'u busnes. Tipyn o fynd ar y *matinee performances* 'ma!

Erioed wedi talu amdano'n hun. Gêm i *sad bastards* 'dy honno hyd y gwela i. A dw i'n siwr 'sa honna'n fancw'n gwneud yn ddigon handi imi. Am ddim. Jest er mwyn y fraint o gael bod ar ben arall 'y n *charms* i. Er, tydy hi heb edrach unwaith i 'nghyfeiriad i, rhaid cyfadda'. Y môr yn fwy deniadol ganddi, raid. Mae'n rhythu drwy'r ffenast 'cw a phesychu am yn ail. 'I chefn hi tua'r injan.

Mrs Anthony wedi gwylltio'n lan efo fi pan ddeudish i na ddown i byth yn ôl. Ddim hyd yn oed ar gyfer y babi. Yr hen fytheirio wedi dychwelyd ar 'i ora'. Rown i'n riff-raff, yn wehil, yn bob dim dan haul. Rhwbath hefyd am dderyn a faged yn uffern. Ddalltish i mo hannar 'i hefru hi, a deud y gwir. Ffarwelio trwy ffeirio melltithion ddaru ni yn diwadd. Dw i'n synnu fawr.

Down i ddim ffit i fod yn dad, medda hi.

Gw'bod hynny ydw i, meddwn innau. Dyna pam down i byth am ddod yn ôl.

Mi sbiodd honna arna' i rwan, wir-yr! Wel, rhyw sbio o fath. Am eiliad fach, wrth wasgu stymp 'i sigaret i'r llawr efo'i sowdl, fe drodd 'i phen hi i'r cyfeiriad yma. Ond mi drodd 'i thrwyn hi'n ôl ar y ffenast cyn imi gael amsar hyd yn oed i wenu. Peth calad ydy hi hefyd, erbyn sbio'n fanwl. Bitsh!

O feddwl, ella y do' i'n ôl os taw hogan geith hi. Ond does dim ffiars o beryg' y do' i'n ôl am hogyn. 'Swn i'm yn gw'bod be ddiawl i'w wneud efo hogyn. Ond ma' genod yn wahanol, tydyn? Tydw i'n gw'bod yn iawn be ma' genod isho? 'U dallt nhw i'r dim. Wastad wedi.

PWY SY'N MYND I OLCHI TRÔNS TYRONE?

'Nid fi,' oedd barn bendant Dawn. Hi oedd mam yr hogyn. Roedd ganddi hawl i'w barn. 'Os wyt ti'n ddigon hen i fyw efo dynas briod ac yn ddigon peniog i wneud pedwar pwnc Lefel A 'run pryd, rwyt ti'n ddigon hen i wneud dy olch dy hun . . .'

'Ond Mam . . .'

'Neu pam na chei di'r cyfrifiadur 'na i'w wneud o trostach ti? Os 'dy hwnnw'n ddigon clyfar i ffeindio cariad ichdi, siawns na all o ymdopi efo mymryn o olchi a smwddio. Os oes 'na *chatroom* o'r enw *CradleSnatchers.com* siawns na ddoi di o hyd i'r un ar gyfer *DirtyLaundry.com* hefyd, dim ond ichdi sbio'n ddigon dygn.'

Sefyll yno fel llo yn edrych ar ei fam yn traethu ddaru Tyrone, yn ôl ei arfer. Y bag plastig du yn cael ei fagu'n anghysurus yr olwg yn erbyn ei frest. Gwyddai eisoes am ddaliadau ei fam, ond doedd ganddo fawr o barch tuag atynt.

'Nid *laundry service* dwi'n redag fa'ma, iti ga'l dallt,' ychwanegodd y fam. 'Nid dyna fuo gen i fa'ma erioed a dw i ddim am ddechra rŵan. Dy gartra di 'dy hwn i fod. Ti'n gwbod be 'dy cartra siawns? Y lle 'na lle ma' pawb fod byw'n gytûn . . . A neb yn swnian.'

'Wel, 'dach chi wedi bod yn fethiant llwyr felly, yndo? 'Dach chi'n gwneud dim byd ond swnian.'

'Paid â dechra ateb 'nôl, myn duw! Neu mi leinia i chdi. Ti wedi trin y tŷ 'ma fatha gwesty drwy dy oes. Dyna'n union ddaru'r ddau ohonach chi erioed. Yn union fatha'ch tad. Ond rŵan dy fod ti wedi penderfynu hel dy bac, ella y gweli di betha'n wahanol, 'y ngwash i!'

'Ddaru Dad erioed weld petha'n wahanol, naddo, ar ôl iddo fo hel 'i bac? Ddôth o byth yn ôl . . . ddim i fyw, p'run bynnag'

'Paid ti trio bo'n glyfar efo fi, 'ngwash i!'

Chwerthin yn blentynnaidd i'r glustog roedd hi'n dawel hambygio yn ei chôl wnaeth Mia, chwaer iau Tyrone, oedd yn eistedd yno ar y soffa. Iddi hi, roedd y ffaith fod ei brawd dwy ar bymtheg oed wedi symud i fyw efo rhywun o'r enw Celene McCarthy, oedd bron cyn hyned â'u mam, yn destun llond trol o hwyl.

Sobrodd fymryn pan sylweddolodd ei bod hithau tan y lach. A phan flinodd Tyrone ar bwysau'r dillad budron, lluchiodd y bag ar y soffa yn ei hymyl, gan esgor ar fwy o sgyrnygu ganddi.

'Deudwch wrtho, Mam . . .'

'Paid ti dechra swnian, wir! Gen i ddigon i boeni yn ei gylch efo hwn!' Pwysai dwrn chwith Dawn ar y silff ben tân isel, tra anelai'r ffag yn y llaw dde i gyfeiriad ei mab.

Tawodd y ferch gan ailafael yn ddygn yn ei thasg o ddadberfeddu'r clustog.

Troes Tyrone yntau ar ei sawdl, gan sibrwd rhywbeth am annhegwch bywyd o dan ei wynt.

‘Ganddi wendid am hogia ifanc, mae’n rhaid,’ porthodd Debbie’n dawel wrth estyn y cwpan te.

‘Oes, mae’n rhaid,’ cytunodd Dawn, wrth ei dderbyn o law ei chwaer. Roedd gŵr Debbie’n blismon yn y dref ac er nad oedd yr un drosedd wedi ei chyflawni, bu’n gwneud rhai ymholiadau tawel tros ei chwaer-yng-nghyfraith ynglŷn â Celene McCarthy. ‘Be wnei di o ddynas dros ’i deg ar hugain oed yn gwneud peth felly? Hudo hogyn fatha Tyrone i’w chrafangau?’

‘Dim ond pymtheg oed oedd y gŵr ’na fu gynno hi pan ga’th hwnnw hi’n feichiog gynta. Priodi gyntad oedd o’n un ar bymtheg . . . Rŵan, dyna be dw i’n galw bachu dyn a dim esgus,’ barnodd Debbie. ‘Y creadur bach! Sôn am oen i’r lladdfa!’

‘. . . Ond ma’ hwnnw wedi bo’n ddigon call i hel ei draed tra oedd o’n dal yn ddigon hen i gael ei alw’n llanc,’ prysurodd Dawn i ychwanegu. ‘Dyna ddeudodd Gordon chi, ynte?

‘Tri o blant ar ei ôl, cofia. Yr ienga prin yn flwydd pan a’th o. Nid ’mod i’n gweld dim bai arno, wir,’ ebe Debbie’n ddoeth. ‘Cael ei ddal gan ryw gyfrifoldeba felly mor ifanc.’

‘’Sa’n haws gen i ’i weld o’n cael ’i ddal felly na Tyrone ni. ’I blant o ydyn nhw, wedi’r cwbl.’

‘Wel, ma’ hynny ynddi, mwn!’ cytunodd Debbie’n gyndyn.

‘Wn i ddim be mae hi’n ’i weld ynddyn nhw wir. Rhyw hogia ifanc prin allan o’u clytia. Dim ond crwyn ac esgyrn ydyn nhw'r oedran yna. Welish di Tyrone ni ar y ffordd o'r bàth rywdro?'

'Ddim ers llawar blwyddyn, rhaid cyfadde,' atebodd Debbie'n ddewr. Trwy lwc, fe lwyddodd sŵn y *ginger nut* roedd hi ar ganol ei chnoi yn ei cheg i gladdu'r crechwen yn ei llais.

'Dw i'n gwbod nad ydan ni'n gorlifo o laeth a mêl acw,' ymbiliodd Dawn, 'ond wna i ddim cymryd gyn neb nad ydw i'n fam dda.'

'O, na wnewch, debyg,' anesmwythodd Dennis yn ddidwyll. 'A does neb yn awgrymu hynny . . .'

Eisteddai'r prifathro y tu ôl i'w ddesg, am wneud ei orau i dawelu meddwl y fam, ond aeth Dawn yn ei blaen heb angen porthi pellach.

'Ar wahân i fymryn o *line dancing* ar nos Fawrth fydda i byth yn mynd allan o'r tŷ 'cw, ar fy llw. Mia a Tyrone fuo popeth imi ar hyd y blynyddoedd. Ac yn arbennig ers i Eifion fadal. Wel! Fe wyddoch chi mor boenus ydy'r petha 'ma, Mr Hughes. Rown i'n sobor o flin i glywad am ych trafferthion diweddara chitha. Rhyw feddyg yng nghyffinia Caer, ia? Dyna ddeudodd Tyrone. Hen dro yn wir! Ond dyna fo, fedrwch chi drystio neb y dyddia yma . . . Ac un anghynnas iawn welish i Mrs Hughes erioed. Wel, dyna fo! Waeth imi 'i ddeud o rŵan ddim. Amsar noson wobrwyo a ballu, fuo ganddi fawr ddim i'w ddweud wrth neb.'

'Ond i ddod yn ôl at Tyrone . . .' anesmwythodd y prifathro.

'Tydy'r hogyn byth allan o 'meddwl i, Mr Hughes. Fo 'dy 'ngofid penna i . . .'

'Ond wn i ddim oes angen gofidio, cofiwch. Dyna 'mhwynt i. Mae'r sefyllfa bresennol yn "angyffredin" gawn ni ddeud, ydy, ond does dim dirywiad wedi bod yng ngwaith yr hogyn. Yn wir, mae o'n mynd o nerth i nerth.'

'Ydy, mae o'n beniog, tydy?'

'O ydy!' cytunodd Dennis yn frwd. 'Un o ddisgyblion disgleiria'i flwyddyn. Meddwl craff ganddo. Wastad yn barod i fynd yr ail filltir. Fe eith ymhell.'

'Cyfrifiaduron fuo'i betha fo ers blynyddoedd. A'i ben yn y blydi sgrin 'na bob awr o'r dydd a'r nos tasa fo'n cael 'i ffordd. Finna wedi stryglo i dalu am y gora iddo fo bob amser. A toedd hynny ddim yn hawdd i rywun fatha fi, dalltwch! *Low income*, 'dach chi'n gweld. Felly dw i'n ca'l 'y nghyfri gan y wladwriaeth,' eglurodd Dawn ei hamgylchiadau. 'Ond toeddwn i ddim am iddo golli allan ar bob cyfla gâi o i'w wella'i hun, 'dach chi'n gweld, Mr Hughes? Gorfod ymbil arno i fynd i'w wely amball noson. Byth yn mynd allan. Dangos 'run gronyn o ddiddordeb mewn genod erioed . . . Ac yna gwneud hyn i mi. Cwrdd, canlyn a chynllunio . . . i gyd o dan 'y nhrwyn i yn y llofft gefn.'

'Rhyngoch chi a mi, synnwn i fawr nad ydy o'n gwbod mwy am grombil yr hen beiriannau 'ma na'n hathrawon ni . . .' Tapiodd Dennis ei fys bach yn erbyn sgrin y monitor wrth siarad.

'Tewch! Mor beniog â hynny! Dw i'n beio'i dad. Fe welodd o golli Eifion yn ofnadwy. 'I ben yn 'i blu am fisoedd ar ôl i hwnnw hel 'i bac. Methu tynnu gair o'i groen o. Hwnnw'n mynd heb ddeud dim wrtho, ylwch! Yr hen gena bach iddo! Peth creulon iawn i'w wneud i'r hogyn yn yr oedran oedd o. Yn enwedig â hwythau'n cymaint llawiau.'

'Wel!' mentrodd Dennis, 'mae'n wir fod sgiliau cymdeithasol y bachgen wedi bod fymryn ar 'i hôl hi, efallai, ond wyddoch chi, ers y "trefniant domestic" newydd yma, mae hyd yn oed hynny wedi gwella. Pawb o'r staff wedi sylwi. Dw i'n fodlon mentro yr eith o'n bell, fel y deudish i.'

'Ond nid efo'r sglyfath McCarthy 'na rown 'i wddf o, eith o ddim,' gwrthwynebodd Dawn.

'Dros dro fydd honno, rwy'n siŵr ichi,' ceisiodd Dennis dawelu'r dyfroedd. 'Pam na adewch chi lonydd i'r sefyllfa am sbel. A gadael i bethe redeg yn ffrwt wrth 'u pwyse. Achos dyna wnân nhw, gewch chi weld.'

'Dyna 'dach chi'n ddisgwyl ddigwyddith rhwng Mrs Hughes a'r doctor 'ma, ia? 'Ta sgynnoch chi affliw o otsh ddaw hi'n ôl ai peidio?'

'Yma i drafod dyfodol Tyrone ydan ni,' mynnodd y prifathro gydag awdurdod. 'Ac ar wahân i fater anffodus y diffyg dillad glân, wela i ddim fod fawr o'i le ar y trefniant presennol . . .'

'Y dillad glân? Be gebyst wyddoch chi am hynny?'

'Wel, dw i ddim am orwneud y sefyllfa. Nawr,

peidiwch â chynhyrfu. Ac os ydach chi am wneud safiad ar y mater, mae gynnoch chi berffaith hawl, wrth gwrs. Ond fe fu'n rhaid i Mrs Danvers-Shaw, ein hathrawes Sgiliau Cartref ni, fynd ag e i ddangos iddo sut mae peiriant golchi dillad yn gweithio. Yn yr uned Gofal Tŷ. Fe ddalltodd yr hogyn y dalltings cyn pen fawr o dro, wrth reswm. Fel y basa dyn yn 'i ddisgwyl. Mae o'n *bright* 'dach chi'n gweld!'

'O, gwych, Mr Hughes! Dw i'n siŵr ichi i gyd gael laff ar ben hynny dros eich coffi. Pawb yn 'u dybla yn y staffrwm y bore hwnnw, toeddan nhw? Meddwl na tydw i wedi dysgu dim i'r hogyn ynglŷn â chadw'i hun yn lân na dim . . .'

'Na, wir ichi. Nid felly oedd hi o gwbl. 'Sa chi'n synnu mor sylfaenol mae Mrs Danvers-Shaw yn gorfod mynd efo amball un i'w cael nhw i drio sefyll ar 'u traed 'u hunain yn yr hen fyd 'ma.'

'Ond pam na ddysgwch chi iddo beidio â gwneud mor fach o'i fam. Pam na ddeudwch chi wrtho mor anfoesol ydy'r hyn mae o'n 'i wneud. Byw tali efo'r hen slwtan hannar pan 'na. Heb sôn am be mae o'n 'i wneud i mi . . .'

'O, bobol bach! Allwn ni ddim dysgu moesoldeb i'r plant 'ma,' meddai Dennis gyda mesur cyfartal o awdurdod ac anghrediniaeth. A phwysodd ymlaen dros ei ddesg i bwysleisio difrifoldeb ei sefyllfa fel prifathro. 'Fydde hynny ddim yn gwneud y tro o gwbl! Gyrfaoedd, wrth gwrs. Digon derbyniol. Mae'n ddigon naturiol ein bod ni'n llywio'r plant tan ein gofal ar hyd y llwybrau cywir parthed gwaith a galwedigaeth. Wedi'r cyfan, maint y poced sy'n mesur maint y llwyddiant, maes o law, yntê? Ac mae'r cyngor iawn yn ystod dyddiau ysgol yn hanfodol er mwyn dilyn y llwybr iawn i wireddu hynny . . .'

'Nid poeni am faint 'i bensiwn o ryw ddydd a ddaw ydw i, Mr Hughes,' torrodd Dawn ar ei draws. 'Dim ond dwy ar bymtheg ydy o . . .'

'Ond fiw ichi ymyrryd â phrifiant plant y dyddiau hyn,' torrodd yntau ar ei thraws hithau yn ei ôl. 'Mae crybwyll unrhyw arlliw o ruddin moesol yn gwbl waharddedig mewn ysgolion y dyddiau hyn. Allwch chi ddim ymyrryd â datblygiad naturiol plentyn. Cystwyo ymddygiad. Cywiro daliadau. O, na! Mae 'na sensitifrwydd mawr am y materion hyn, credwch chi fi! Wnâi hynny mo'r tro o gwbl. Nid dyna mae cymdeithas yn 'i olygu wrth addysg nawr. Sori.'

'Alli di gredu ffasiwn beth?' ailadroddodd Dawn mewn anghrediniaeth.

Roedd sylw Debbie wedi ei dynnu gan yr olygfa drwy'r ffenestr, lle roedd ei nith yn cael amser wrth ei bodd yn hambygio ci drws nesaf.

'Ma' Gordon a fi wedi gweld Mr Hughes yn deg iawn bob amser, chwara teg,' porthodd hithau'n ddiarddeliad, heb ddweud gair am yr artaith yn yr ardd.

'Ond mae dy blant di'n normal, Debbie,' dadleuodd Dawn. 'Fel dy ŵr.'

'Wel, mae hynny ynddi, debyg! Ond wyt ti wedi meddwl ella mai ti sy'n afresymol? Wedi'r cyfan, mi fasa golchi'i ddillad o bob wythnos yn rhoi rhyw ddolen reolaidd rhyngthach chi, fasa hi ddim?'

'Wyt ti'n colli arnat? Ma' mwy i fod yn fam na llwyth o dronsys, sana', crysa a siorts pêl-droed.'

'O, mi wn i hynny, Dawn! Ond mi fydd yr hogyn wedi gwario'i gynilion i gyd yn y londret cyn bo hir, os eith petha 'mlaen fel maen nhw. Pres bws i fynd i mewn i'r dre bob prynhawn Sadwrn. Pris *service wash*. A phres y bws i ddod yn ôl drachefn. Ma' pawb yn sylwi arno. Pobl yn siaard. A fynta wedi bo'n hel 'i bres poced i helpu'i hun drwy goleg a phob dim. A chofia di, Dawn, nid llawar o lancia ifanc fasa mor hirben â hynny.'

'Fo sydd wedi dewis taflu'i gelc i ffwrdd.'

'Wel! Matar o raid ydy hi ar yr hogyn bellach, efo chdi wedi mynd mor styfnig,' ebe Debbie, oedd yn hanner gwrando ar ei chwaer wrth gadw llygad barcud ar y creulondeb oedd ar droed yn yr ardd.

'Un am 'i gartra fuo fo erioed,' ebe Dawn yn hiraethus.

'Yn hollol,' prysurodd Debbie i gytuno. 'Bydd ddiolchgar na fuo'n gwario'i bres ar gyffuria na dim byd felly. I fan'no ma' pres poced plant y stad 'ma'n mynd i gyd y dyddia hyn, yn ôl Gordon. Ond nid Tyrone. A hyd y gwelwn i, fuodd o fawr o un am y lysh, 'chwaith . . .'

'Alla fo fod yn alcoholig am wn i, Debbie. Dim ond 'i fam o ydw i . . .'

'Tydy Tyrone chi ddim fatha rhelyw hogia'r lle 'ma, yn hel 'u traed yn ofer a phisio'u dyfodol yn erbyn wal.'

'Debbie, plîs!'

'Wyt ti ddim yn meddwl y dylet ti ymyrryd fa'ma, Dawn. Neu mi fydd dy gymdogion di'n mynnu dy fod ti'n talu ffîs y fet!'

'Be ddiawl ma' honna'n 'i wneud rŵan?'

A chyda hynny, rhuthrodd Dawn drwy ddrws y cefn yn bledran o gerydd a gwynt, gan adael Debbie'n gwenu'n hunanfodlon ar ei hôl.

'Rown i wedi anghofio fod Mia'n mynd at y *child psychologist* bob prynhawn Mawrth, yli!' meddai Eifion. Yn ôl ei lais, roedd ynddo fwy o ddicter am wastraffu ei amser ei hun na siom o fethu ei ferch.

'Llwyth o betha ti wedi anghofio am y teulu 'ma,' ymatebodd Dawn yn syth. Doedd hi ddim yn un i golli ei chyfle i estyn ergyd felly at ei chyn-ŵr.

'Fawr o deulu gen ti ar ôl, Dawn bach!' barnodd Eifion mewn llais oedd yn rhy ddifater i swnio'n faleisus. 'Ti a Mia. Jest y ddwy ohonach chi mwyach.'

'Ac est ti i weld dy fab byth? Naddo, mwn!'

'Wel, dyna lle ti'n rong, yntê?'

Cafodd Dawn sioc go iawn o glywed hynny. Roedd hi'n dair wythnos ers iddo alw ddiwethaf a chafodd hi ddim byd ond esgusodion ganddo bryd hynny. Roedd hi'n fis arall cyn hynny ers iddi roi cyfeiriad newydd Tyrone iddo gyntaf.

'Hogyn nobl ydy o hefyd,' aeth Eifion yn ei flaen. 'Dilyn ei dad, yli! Eith o ddim ymhell o'i le, Roni bach ni!'

'Tyrone 'dy enw'r hogyn. Ti'n gwbod cymaint mae o'n casáu cael 'i enw wedi'i dalfyrru.'

'Tyrone, ta! Ta waeth!' aeth Eifion yn ei flaen drachefn yn ddiamynedd. 'Mae o'n dal i dyfu; dyna 'mhwynt i. Ac wedi twychu fymryn ers symud at honna i fyw, synnwn i fawr.'

'Fel chditha felly,' mynnodd Dawn yn sur. 'Dim ond ar dy besgu di mae bryd honna s'gen ti rŵan.'

'Bloneg bodlonrwydd 'dy hwn, yli,' chwarddodd Eifion ei ddirmyg yn ôl ati, wrth rwbio'i law yn awgrymog ar draws ei fol.

'Wel, tydy Tyrone ni ddim am fynd yr un ffordd â chdi, dallta hynny.'

'Duws, mae o'n 'i gneud hi'n iawn efo'r Wyddelas wirion 'na. A mi wn i, achos dw i wedi bod yno i weld yr hogyn, sy'n fwy nag y galli di 'i honni.'

'Ydy o'n iawn, Eifion? Go iawn felly.'

'Wir dduw! Ti'n hen ast wirion, Dawn. Pam nad ei di acw i weld? A golchi 'i betha fo tra ti yno?'

Nid y ci a chath diarhebol oedd yma'n cweryla, ond dau hen gariad o ddyddiau ysgol oedd yn adnabod ei gilydd yn rhy dda. Ac os rhywbeth, wrth i'r cyhuddiadau a'r creulondeb ymddangosiadol rhyngddynt ddwysáu, gostegu'n raddol wnâi goslef lleisiau'r ddau, nid codi.

'Pam na olchith hi 'i betha fo? Os ydyn nhw mor hapus â hynny? Yn chwara Teulu Bach Nant-oer mewn tŷ cownsil. Pam na thynnith hi 'i drôns o drwy'r dŵr? Mae'n ddigon parod i'w tynnu nhw drwy'r baw.'

'Ffeminist 'dy hi, yntê?' mynnodd Eifion yn amddiffynnol, fel petai'r gair yn dod dros ei wefusau bob yn eilddydd. 'Mae'n gweithio'n llawn amser, ganddi dri o blant i edrych ar eu hôl a tydy hi ddim yn gweld fod gwneud golch y llanc yn dod yn rhan o'r fargen.'

'Hy! Mi ddylwn i fod wedi meddwl am y lein yna pan briodish i chdi!' ebe Dawn yn dawel, gan ollwng ochenaid o hiraeth yn gymysg â'r gwawd.

'A ph'run bynnag,' ychwanegodd Eifion yn araf, 'mae 'i chyn-ŵr hi'n galw unwaith yr wythnos i gasglu dillad budron y plant a hithau a mynd â nhw i'r londret. A dod â nhw'n ôl a phob dim. 'I ffordd fach o o leddfu'i gydwybod am fynd a'u gadal nhw, yli. Cyfraniad bach ymarferol at y dyletswydda cartref, medda fo. Nid 'mod i erioed wedi teimlo'r angen am hynny fy hun. Ond pawb at y peth y bo, yntê?'

'Ond siawns na fasa Tyrone ni'n medru sleifio amball ddilledyn i mewn i'r hen sacha polythîn 'na, iddo ynta gael 'i betha'n lân 'run pryd.'

'Mi drion nhw hynny'r wythnos gynta oedd o yno, yn ôl y sôn,' atebodd Eifion yn slic. 'Ond mi wagiodd y boi gynnwys pob un er mwyn tshecio. Tydy o ddim yn gweld pam ddylai o dalu am olchi dillad yr hogyn. A chwara teg, ma' gynno fo bwynt.'

'Yr hen fastard slei.'

'A mae o werth ffortiwn rŵan, medda hi, Celene. Pen da at fusnes ganddo, yn ôl y sôn. Dim ond hogia peniog fydd hi'n mynd ar 'u hôl, medda hi.'

Roedd Tyrone yn ddigon peniog i ddeall ei fam i'r dim. Gwyddai'n burion ei bod hi'n ei garu, ond doedd fiw iddo fela gormod â'r sylweddoliad yn ei ben. (Doedd hi byth yn hawdd ymdopi â'r gwirioneddau hyn yn eich arddegau.) Gwyddai iddi losgi ei bysedd braidd wrth brynu'r cyfrifiadur drud 'na ar ei gyfer. (Roedd hwnw gymaint yn well na'r un oedd gan Celene.) Gwyddai ei bod hi'n gwneud ei gorau.

'Ond tydy hi ddim yr hawsaf, ydy hi? Ac mi ddylwn i wybod, yli!'

Gwnaeth geiriau ei dad iddo anesmwytho'n fwyfwy yn y sêt yn ei ymyl. Gyda honno wedi'i gwthio'n ôl i'w heithaf, gallai Tyrone blygu ei goesau hirion a phwyso'i draed ar y dashfwrdd.

'Swnian mae hi drwy'r amser, dyna'r drafferth,' sibrydodd yn anfodlon, fel petai'n gorfod cytuno ar ei waethaf ac yn casáu ymddangos yn anheyrngar yr un pryd. Hwn oedd ei dad, wedi'r cwbl. Y bradwr mawr. Doedd e ddim am ochri'n ormodol gyda hwn o bawb, pas i'r dref brynhawn Sadwrn ai peidio.

'Ganddi lot ar 'i phlât, wst ti? Efo Mia'n chwara i fyny fel fydd hi a phob dim.'

'Mi wn i!' cytunodd Tyrone yn dawel.

Gallai gofio'r twrw fyddai'n llenwi'r lle, rhwng y ddwy ohonyn nhw; ei fam a'i chwaer. Ond roedd yn well ganddo beidio â chofio, mewn gwirionedd. Daethai newid byd arno ers symud i fyw at Celene. Gormod o newid byd, efallai. Ar ôl deufis o gyd-fyw, digon di-ddweud oedd honno bellach, y rhan fwyaf o'r amser. Ei sgwrs yn y siop siarad lle y cyfarfu'r ddau ar y we wedi bod yn ddeniadol ffraeth. Bellach, doedd dim ond mudandod mecanyddol byw o ddydd i ddydd.

'Mi ddaw dy fam at 'i choed, wst ti?' ceisiodd Eifion ei sicrhau. 'Yn hwyr neu'n hwyrach. Tasa hi ond yn fodlon cwrdd â Celene, mi fasa'n gam mawr ymlaen. Ond tydy hi'n styfnig fel mul? Dw i wedi deud wrthi fil o weithia, wir dduw iti! Ymddangos yn hen hogan iawn, y Celene 'na. Braidd yn dawedog, ella. Ond siawns nad ydy hynny'n chwa o awyr iach ichdi, fel ddeudist ti, Roni bach.'

'Tyrone 'dy'n enw i, Dad!'

'Sut bynnag! A ti'n hapus, dwyt? Dyna sy'n bwysig.'

'Ydw. Wel! Ocê! Ma'r secs yn dda.'

Bu bron i'w dad yrru'r car oddi ar y lôn. Wyddai hwnnw ddim be ddiawl oedd ym meddyliau'r to ifanc 'ma. Mor dafotrydd. Mor ddi-barch. Mor onest. Onid oedd hi wedi cymryd pymtheg mlynedd dda o fywyd priodasol cyn y llwyddodd o i ynganu'r caswir . . . yn ei ben ei hun, heb sôn am yn llafar.

'Hei, clyw! Chymra i ddim siarad felly gen ti, ti'n 'y nghlywad i? Wn i ddim be haru chdi, wir! Dw i'n dallt dy fod ti'n licio rhoi amball hartan i dy fam efo rhyw siarad felly. Ond thâl hi ddim efo fi, yli!'

'Dim ond deud!' surbychodd Tyrone ymhellach. Roedd osgo ei eistedd yn anghysurus a'r ffordd yn droellog. Taflodd gip slei i'r sedd gefn i weld fod y cwdyn plastig yn dal yno. Canolbwyntiodd ei feddwl ar yr arian roedd ar fin ei arbed.

'Ma' Celene yn grêt.'

'Y rhai tawel sydd ora fel arfar. Pam na ffeindish i hynny allan ynghynt, wn i ddim.'

'Fydd hi'n cadw'r plant yn dawel imi pan dw i angan gwneud gwaith ysgol.'

'Debyg iawn. Gen ti lot o stydio i'w wneud.'

'I Hull dw i am fynd. I fan'no dw i wedi gwneud cais,' ychwanegodd Tyrone rai munudau'n ddiweddarach, fel rhyw atodiad hwyr i'r sgwrs. 'Ar gyfer mis Hydref. Prifysgol.'

'Duwcs! Ei di mor bell â hynny?' gofynnodd Eifion, gan ddangos yn ei lais nad oedd yn llwyr ddeall arwyddocâd y cam gyrfaol hwn i'w fab. 'Rhoi rhai cannoedd o filltiroedd rhyngoch chdi a Celene. Ffansio tair mlynedd o garu o hirbell, wyt ti?

'Amsar hir i fynd tan yr hydref, Dad,' atebodd yntau'n ddiog. 'Mi fydd hi'n dymor gwahanol erbyn hynny.'

Cenfigennai Eifion wrtho. Pam na fasa fo'i hun wedi bod mor hirben yn ei oedran o? Fe allai fod wedi arbed llwyth o ddolus iddo'i hun! Dim canlyn Dawn mor selog. Dim difaru . . . A deallodd ar amrantiad mai "dim" Tyrone, ychwaith fyddai pen draw yr ymresymu hwnnw.

Taflodd yntau gip i gefn y car. Dim pererindodau i'r londret, meddyliodd.

'Wel! Pwy ddeudodd fod golchi dillad budron yn gyhoeddus yn beth drwg i gyd?' holodd Debbie yn fwriadol, fel petai hi'n jôc yr oedd hi wedi disgwyl am y cyfle iawn i'w hadrodd ers meityn. 'Mi ddôth â Tyrone chi a'i dad yn ôl at 'i gilydd, yn do?'

'Am ba hyd? Dyna'r cwestiwn,' mynnodd Dawn.

'Wel! Mae o wedi mynd i'w gasglu fo dri pnawn Sadwrn yn olynol, glywish i.'

'Aros di! Mi fydd Eifion ni wedi blino ar ryw rigmarôl felly'n ddigon buan,' dadleuodd Dawn yn sur. 'A ph'run bynnag, dim ond am 'mod i wedi awgrymu iddo gymryd dalen o lyfr 'i gŵr hi a'th o rownd i gynnig yn y lle cynta.'

'Chwara teg rŵan, Dawn! Mae o wedi cymryd 'i gyfrifoldeba o ddifri'r tro yma. Mynd i'w 'nôl o o'r tŷ. Dod â fo'n ôl. A'r ddau'n mynd am beint efo'i gilydd tra bo'r golch yn y peiriant. Dyna glywish i. A fydd Eifion ddim yn disgwyl i'r hogyn fynd i'w boced unwaith gydol pnawn.'

''I dad oedd popeth i Tyrone ers pan o'dd o'n ddim o beth.'

'Paid â'n atgoffa i.'

'Ddaru nhw fynd i weld y dre'n chwara Port efo'i gilydd Sadwrn diwetha,' ildiodd Dawn yn anfodlon. 'Yn hytrach na mynd i'r Ship. Dyna glywish i.'

'Wel! Dyna fo! Fel ddeudish i! Golchi dillad budron yn gyhoeddus yn medru bod yn fendith, wedi'r cwbl!'

'Os wyt ti'n deud, Debbie fach!'

'Chwiorydd, myn diawl i! Dim ond lladd ar 'i gilydd ddaru nhw erioed, y naill yng nghefn y llall,' barnodd Eifion. 'Ddaru ti erioed sylwi ar hynny? Os 'dy teuluoedd yn asgwrn cefn cymdeithas, does ryfadd yn y byd fod cymdeithas yn gwegian. Welish di erioed ffasiwn giwed dan din yn dy ddydd?'

Gwenodd Tyrone yn slei, heb gytuno nac anghytuno. Roedd yn gwneud ei orau glas i esgus ymwrthod â'r papur decpunt roedd ei dad yn chwifio o dan ei drwyn.

'Dyna pam ofala i na cha i byth un fy hun.'

'Dim ond deud hynny wyt ti,' aeth Eifion yn ei flaen. 'Ta waeth, cym hon a dos i 'nôl peint arall i dy hen ddyn.'

'Ddyliat ti rŵan, Dad? Ti'n gyrru, cofia.'

'Duwcs, ma' dy dad wedi llyncu mwy na dau beint yn 'i ddydd . . . a dal i fod yn *compus mentis*, yli.'

Gan fod Tyrone eisoes ar ei draed erbyn diwedd y drafodaeth oedd newydd ddarfod am ei fam a'i Anti Debbie, tybiai y byddai unrhyw brotestio pellach yn ymddangos braidd yn ofer. Cipiodd y pres o law ei dad ac aeth at y bar i godi dau beint.

‘Hwn ’dy’r olaf rŵan, cofia, wir-yr,’ ebe’n bendant pan ddychwelodd a rhoi’r ddau wydryn ffres ar y bwrdd o’u blaenau. ‘Rhaid imi fynd y ôl i weithio. Ma’r arholiad olaf gen i ben bore Llun.’

‘Yr arholiad olaf! Coblyn o beth! Erioed wedi meddwl ’swn i’n clywed sôn am un o ’mhlant i’n sefyll yr un arholiad. Waeth imi wneud y gora o’r wefr ddim. Wela i mo Mia’n ennill tystysgrif nofio ’blaw dim byd arall.’

‘Dal i falu?’

‘Dal i falu. Unig ddileit yr hogan, mae’n ymddangos. Ac andros, mae’n gweld dy golli di!’

‘Wedi meddwl ddylwn i alw, deud y gwir,’ ebe Tyrone. ‘Wedi bo’n anodd yr wythnosa dwetha ’ma. Lefel A a phob dim.’

‘Ew, ’sa hynny’n dda.’

‘Ella a’ i’n ôl i fyw at Mam toc,’ cyhoeddodd yn ddi-daro.

‘Troi’n ôl at gysur cartra, ia?’

‘Gawn ni weld,’ meddai’n bwyllog. ‘Dw i’n addo dim.’

‘Colli coginio dy fam wyt ti? Dw i wedi sylwi nad oes fawr o lewyrch ar y Celene bach ’na yn y gegin.’

‘Dw i ddim yn siŵr eto. Rhyw awydd, dyna i gyd,’ ymhelaethodd Tyrone, heb arlliw o ddim a oedd hyd yn oed yn ymylu ar frwdfrydedd.

‘Dechra colli dy limpyn efo’r tri bychan ’na s’ganddi wyt ti, mwn?’ damcaniaethodd ei dad ymhellach yn ei lais doethaf. ‘Fuo fo erioed yn syniad da i ddyn orfod magu plant dyn arall, wst ti? Dyna gredish i erioed, yli. 'Blaw 'mod i wedi atal rhag deud dim wrthat ti tan rŵan. Titha'n ddyn yn dy oed a d'amser bellach. Gada'l iti ffeindio allan trosat ti dy hun oedd ora.'

'Gweld colli'r cyfrifiadur ydw i, deud y gwir, Dad,' eglurodd Tyrone yn ddigyffro. 'Mae o'n gyflymach o lawer na'r hen beth 'na s'gyn Celene i chwara efo fo acw. Haws i'w drin ar y naw. Mwy o gof.'

Edrychodd ar ei oriawr. Drachtiodd yn bur helaeth o'i beint. Eisteddodd yno gyferbyn â'i dad, gydag ewyn gwyn ar draws ei swch.

Roedd wedi hanner disgwyl rhyw ymateb gan ei dad, ond ni ddywedodd y naill na'r llall ohonynt yr un gair ymhellach am rai munudau.

Y munud y gwelodd Dawn ef, taflodd y cwdyn o ffa Ffrengig oedd yn digwydd bod yn ei llaw ar y pryd i mewn i'w throli a rhuthrodd draw ato.

'Mr Hughes! Sut ydach chi?'

Cyfarchodd yntau hi wrth ei henw. Roedd wedi gweld y rhuthro ac ymbaratoi.

'Garw peth, gweld dyn fatha chi yn gorfod gwneud ych siopa'ch hun fel hyn. Chitha'n brifathro a phob dim!'

'Wela i ddim fod hynny'n faich rhy anodd i'w ysgwyddo,' mynnodd Dennis yn amyneddgar. 'O gofio holl feichiau eraill y byd, yntê?'

'Wel, digon teg!' ildiodd Dawn yn wengar.

'Ac mae'n siŵr eich bod chi'n ddynes hapus iawn y dyddiau hyn,' prysurodd y dyn i arall gyfeirio'r sgwrs. 'Tyrone wedi rhoi mwy na mymryn o reswm ichi fod yn llawen, ddeudwn i.'

'Chwara teg i'r hogyn, mae o wedi gweithio'n galed.'

'Pedair gradd A! Fe ddylech fod uwchben eich digon. Nid gwaith caled yn unig sydd i gyfrif am lwyddiant felly. Gallu. Dawn gynhenid. Ymroddiad.'

'O! Mi ydw i'm falch, Mr Hughes. A chwara teg, y chi oedd yn iawn trwy'r amser.'

'A mae o'n ôl o dan y bondo hefyd, glywish i.'

'Ers pythefnos!'

'Falch o glywed hynny.'

'A diolch ichi am fod yn gefn iddo. Gynno fo feddwl y byd ohonoch chi, cofiwch. Yn enwedig a chitha wedi'i helpu fo i gael y joban fach 'na s'gynno fo dros yr haf.'

'Roedd hi'n bleser cael dweud gair da trosto,' ebe Dennis Hughes. 'A dw i'n siŵr fod yr oriel 'na'n fwy at ei ddant na dod fa'ma i lenwi silffoedd tan berfeddion.'

'Ac yn talu'n well!' Trawodd Dawn ei phenelin yn erbyn troli'r dyn yn awgrymog.

'Rwy'n falch o glywed hynny,' ategodd yntau. 'Mi fydd angen pob dimai arno. Mae'n go fain ar fyfyrwyr fel Tyrone y dyddiau hyn.'

'Welwn ni ddim cymaint ar ein gilydd o hyn allan, beryg, Mr Hughes. Fynta'n paratoi ei hun am Hull . . . a Mia wedi'ch gadael chi hefyd erbyn hyn.'

'Ia, wel! Felly ma'r dŵr yn troi'r felin weithia mewn bywyd, wyddoch chi?'

'O! Mi wn i ichi wneud ych gora dros y ddau ohonyn nhw.'

'Ac mi ydw i wir yn digwydd credu'n gydwybodol y bydd Mia'n well 'i byd yn yr ysgol arbennig yna, wyddoch chi?'

'Fydd y staff ddim mor nerfus yno, decyn i?' cynigiodd Dawn. Ac er mawr ryddhad iddo, gallai'r prifathro gytuno â hi heb letchwithdod. 'Ond chwith meddwl na fydda i'n gwneud fy ffordd i'r ysgol 'na byth mwy.'

'Rhod bywyd. Felly mae hi'n troi. Ac mae pethau mawr o flaen Tyrone, rwy'n siŵr.'

'Ar y cyfrifiadur 'na fydd o bob awr ers iddo ddod adra. Wedi dechra canlyn rhyw hogan newydd mae o wedi'i chyfarfod yno, medda fo. Un 'run oedran â fo'i hun y tro yma, diolch i'r drefn. Hynny'n haws dygymod ag o, yn tydi? O ochra Hastings neu rywle felly. Newydd gael tri gradd A ac ar 'i ffordd i Hull fel yntau.'

'Cyd-ddigwyddiad hapus.'

'*Cyber courting* ma' nhw'n 'i alw fo, yn ôl y sôn. Glywsoch chi erioed ffasiwn beth, Mr Hughes? Tydyn nhw'n meddwl am y petha rhyfedda heddiw?'

'Chwara teg iddo am feddwl am derm mor llednais,' ebe'r dyn dan wenu.

'Un gair bach o gyngor.' Pwysodd Dawn dros ei throli wrth siarad, a gogwyddodd yntau tuag ati. 'Os 'dach chi'n meddwl prynu powdwr golchi, ewch am hwnna ar y silff waelod 'na. Mae o gymaint yn rhatach na'r lleill ac yn gwneud y joban i'r dim.'

Parhaodd Dennis Hughes i wenu arni'n ogleisiol a diolchodd iddi am y tip.

'Wel! Yn yr hen fyd 'ma i helpu'n gilydd ydan ni, yntê?'

Roedd yr hen ystrydeb yn un ddigon clodwiw, tybiodd yntau. Ond o'i brofiad ei hun, pur anaml y câi hi ei gwireddu.

Tyrone: Ysu i dy weld di go iawn.

Rowena: A finnau titha.

Bu'r sgrîn yn boeth ers awr a hanner gyda sgwrsio swslyd Tyrone a'r ferch. Y fe yn llofft gefn gyfyng ei fam a hithau yn y stiwdio hamdden oedd gan ei theulu yn nho'r tŷ. Cadw oed yr oedd y ddau. Fel y gwnaethai cariadon er cyn cof. Ond doedden nhw ddim ar lan yr un afon. Yn seti cefn yr un pictiwrs. Ar gyfyl yr un dafarn. Yn yr un parc. Ger yr un ffynnon. Doedden nhw erioed wedi cwrdd hyd yn oed.

Ar safle i bobl oedd newydd gael eu canlyniadau Lefel A y daethon nhw ar draws ei gilydd gyntaf. Tua mis yn ôl. Yn Hull y byddai'r ddau'n troi'n gariadon go iawn. Cogio oedden nhw am nawr. Ond pharai hynny ddim yn hir.

Tyrone: Llythyr gan y swyddog llety heddiw. Edrych yn debyg y caf i le mewn neuadd breswyl wedi'r cwbl. Mam wrth ei bodd.

Rowena: Mae Dadi'n meddwl y dylwn i gael tŷ yno. Gwell buddsoddiad na thalu rhent i boced neb arall, ebe fe. Eisoes wedi danfon am fanylion oddi wrth werthwyr tai lleol.

Tyrone: Be? Prynu tŷ? Dy dad am brynu tŷ i ti?

Rowena: Na, fe'i hun fydde'n prynu'r tŷ. Finne'n talu rhent iddo fe. Ond ar ôl gwerthu'r tŷ ymhen tair blynedd, fe gawn i gadw unrhyw elw. Trefniant call.

Tyrone: Mmmmmmm. Swnio felly. Fyddi di'n chwilio am fyfyrwyr eraill i rannu efo chdi?

Rowena: Efallai. Pam? Oes gen ti ddiddordeb? (Oes, gobeithio!)

Tyrone: Dim ond os wyt ti'n addo y bydd gen ti beiriant golchi yn y tŷ.

Rowena: Peiriant golchi?

Tyrone: :-)

Rowena: :-)

MAE MOT YMHLITH Y CADWEDIG

DIM OND Y RHAI A WÊL Y NEGES HON AC SY'N GALLU EI DARLLEN A FYDD YN GOROESI. Y MAE GENNYCH 30 EILIAD I WNEUD YN SIŴR FOD UNRHYW ANWYLIAID SYDD O FEWN CYRRAEDD YN DOD YN SYTH AT Y SGRÎN HON. GWNEWCH YN SIŴR EU BOD NHW'N DARLLEN Y GEIRIAU HYN TROSTYNT EU HUNAIN NEU NI CHÂNT EU CYFRIF YMHLITH Y CADWEDIG AR GYFER EIN DYFODOL NEWYDD.

Rhoddodd Ceri ei wydryn wisgi ar y ddesg, cyn darllen y geiriau am yr eildro. Am eiliadau prin, amheuthun, cafodd fwynhau'r twyll lledrithiol o feddwl taw dim ond celwydd oedd yr hyn a welai. Breuddwyd. Neu jôc. Rhyw dynnu coes cellweirus. Feirws mwy clyfar na'r cyffredin, efallai, wedi ei fwydo i grombil y cyfrifiadur gan ryw walch er mwyn drysu holl drefnusrwydd deallusol gweithwyr y shifft nos.

Ond yna dechreuodd glywed celanedd y ffordd fawr yn y pellter. Rhuthrodd at y ffenestr ac ar draws y caeau gallai weld y draffordd yn troi'n fedd torfol o flaen ei lygaid. Y goleuadau llachar a foddai'r ffordd ddeuol yn ei alluogi i fod yn dyst i'r dinistr. Ceir yn clatsio yn erbyn ei gilydd yn ddiseremoni. Neu'n llithro oddi ar y lôn bob sut, fel teganau afreolus.

Ni fu gobaith gan yr un gyrrwr o gyrraedd sgrîn. Cyrff oedd mwyach wrth y llyw. Cyflafan. Sŵn eu diwedd yn croesi düwch y cefn gwlad o ddeutu'r ffordd. Y dagfa hon fyddai eu tagfa olaf.

Sgrechiodd Ceri enw ei annwyl wraig. Gwastraffodd eiliad werthfawr yn rhythu drachefn i fol y sgrîn. Gwaeddodd enwau ei blant. Rhedodd at ddrws ei encil addysgol. Ystafell yn nho'r tŷ oedd hon. Hafan o stydi a elwid yn Stafell Dad gan bawb. Cydiodd y drws yng nghornel ucha'r ffrâm wrth iddo dynnu ar y ddolen. Onid oedd wedi addo ganwaith i'w wraig y byddai'n 'gwneud rhywbeth ynglŷn â'r blydi drws 'na'? Rhy hwyr. Roedd eisoes wedi colli eiliadau prin.

Gwaeddodd eto. Ond doedd neb fel petaen nhw'n cyffro.

Cofiodd yn sydyn fod ei ferch un ar bymtheg oed yn bwrw'r nos yn nhŷ ei ffrind. Torrodd ffrwd o chwys drwy feindyllau ei groen. Yn oer ac annifyr. Roedd hylifau'r corff ar gerdded. A'r galar wedi dechrau.

Neidiodd orau y gallai i lawr y grisiau i'r landin ar lawr cynta'r tŷ. Anelodd am y llofft fawr, gan fynd heibio drws ystafell wely ei ail ferch heb hyd yn oed ei guro. Yr unig guro i'w glywed oedd gordd ei galon.

Er ei weiddi a sŵn ei fustachu drwy drymgwsg y tŷ, prin agor ei llygaid oedd ei wraig pan ruthrodd ati i'w hysgwyd yn egr. Aethai hithau i gysgu beth amser ynghynt o dan y dybiaeth gywir fod bryd ei gŵr ar dreulio dwyawr neu dair ar ei draethawd hir. Heb ffôn na neb o'i deulu i dorri ar ei draws, hwn oedd amser gorau'r dydd ganddo i weithio, o hir arfer. Fe wyddai hithau hynny'n iawn.

Wrth iddi ddadebru o'r diwedd o'r tangnefedd hwnnw a ddaw liw nos o gysgu'n ddiddig yn nudew dywyllwch tŷ ym mherfeddion y wlad, fe ddechreuodd y babi udo. Roedd twrw'i dad a'r golau oedd newydd ei gynnau wedi treisio'i gwsg yntau.

'Cod! Cod! Dere glou! Dilyn fi!'

Wrth floeddio ar ei wraig, cipiodd Ceri eu hepil iengaf o'i grud a rhuthro'n ôl i'r landin.

Prin ddechrau grwgnach at y fath ddihuno oedd y wraig pan glywsai draed mawr ei gŵr yn baglu eu ffordd ar garlam i fyny'r grisiau. Pam ddiawl oedd e wedi mynd â'u mab chwe mis oed o'i grud? Ac i ble? Be ddiawl oedd yn bod? Y rhain, fwy neu lai, fu ei meddyliau olaf. A'r geiriau olaf, hanner eglur, ar ei min.

Y MAE'R BYD YN EIN GAFAEL NI YN AWR. NA OFIDIWCH. OS YDYCH YN DARLLEN Y NEGES HON, Y MAE LLE WEDI EI SICRHAU AR EICH CYFER YN Y DYFODOL NEWYDD.

Fflachiai'r geiriau ar y sgrîn erbyn hyn. Yn borffor. A phiws. Ac yn goch fel gwaed. Rhuthrodd llygaid Ceri at y sioe ysblennydd yr eiliad y camodd yn ôl i'w gwtsh o dan y do.

Yna, neidiodd y neges i'r ail dudalen. Yn ôl ac ymlaen. Yn fflachio'n ddidrugaredd. Tudalen Un. Tudalen Dau i ddilyn.

Rhaid fod yr eiliadau achubol ar fin dod i ben. Go brin fod cyfle i neb ddarllen y geiriau bellach. Tasgodd ei banig drochfa arall o chwys trosto. A daliodd wyneb ei fab o fewn modfedd i'r sgrîn. Hanner modfedd. Trwch blewyn. Trwyn y bychan ar y gwydr. Ei weflau'n wlyb. A'i lygaid bach yn ddagrau mawr.

Fel llygaid ei dad.

Eiliad neu ddwy ac roedd y cyfan drosodd. Aeth y sgrîn yn ddu. Peidiodd sgrialu'r ceir yn y pellter, wrth i'r olaf o'r fforddolion ddisgyn yn ddiamcan oddi ar y tarmac. Pawb wedi cyrraedd pen eu taith am heno.

Trodd y mab yn las. Diflannodd sŵn ei lefain. Gwasgwyd ef yn dynn ym mreichiau ei dad. Ei siôl a'i glwt yn un sypyn llaith o angau. Ni allai baban ddarllen, siŵr!

Mor ofer oedd arwriaeth. Mor ffôl. Mor dwp. Mor gwbl ddibwrpas. Nid oedd Ceri erieod o'r blaen wedi ymdeimlo mor gyflawn â'i bydredd ef ei hun. Disgynnodd i'w sedd yn swrth. Funud yn ôl, bu'n eistedd ar yr union gadair hon yn crafu ei ben dros bwt o draethawd. Diferyn o wisgi wrth ei benelin. A doethineb yr oesau o'i blaid.

Bellach, roedd ei ben yn wag. A chorff ei olaf anedig yn ei gôl. A dechreuodd wylo'n afreolus wrth gofio am ei ail-anedig. Hithau'n gelain oddi tano. A mam y ddau. Yr un a garasai fwyaf yn y byd i gyd. Yr un a fynnodd eu bod nhw'n cael y cyw melyn olaf hwn a fagai nawr mor angerddol a dibwrpas.

Cododd yn ddisymwth. Gwell oedd gwneud yn siŵr. Gwell oedd mynd i weld. Rhag ofn mai breuddwyd oedd y cyfan, wedi'r cwbl.

Mor sydyn fu ei symudiad, bu bron i'r gadair ddymchwel. A dyna pryd y sylwodd Ceri gyntaf ar bresenoldeb Mot.

Rhaid fod hwnnw wedi cael ei ddeffro gan y gweiddi a'r cynnwrf ar y llofft ac wedi ymateb gyda'i chwilfrydedd arferol. Wedi rhedeg nerth ei bedair pawen o glydwch ei fasged i lawr yn y gegin i dristwch syber y stydi. Roedd wedi llamu. Neidio. Rhuthro i archwilio. A ffyrnigrwydd y gadair yn cael ei gwthio'n ôl wedi arwain at gyfarthiad.

Roedd hefyd wedi llwyddo i gael achubiaeth iddo'i hun, sylweddolodd Ceri. A chan eistedd drachefn, yn ei fraw newydd, estynnodd law i fwytho pen a chlustiau'r ci. Da was. Da ffyddlon. Roedd wedi bod yn un o'r teulu ers blynyddoedd. Yn annwyl. Cariadus. A chwareus. Ond nid oedd Ceri wedi sylweddoli o'r blaen fod y creadur yn gallu darllen.

Troes golygon y ddau yn ôl at y sgrîn, gan ddisgwyl eu cyfarwyddiadau nesaf.

Drannoeth, ar gyfarwyddyd y goresgynwyr, claddodd Ceri ei wraig, ei ferch iengaf a'i unig fab yn y cyntaf o'r ddau gae oedd rhwng y tŷ a'r draffordd. Bu'n palu am oriau, gyda Mot yn farn o gylch ei sodlau. Roedd gwaith wrth ddesg yn fwy at ddant Ceri na gwaith caib a rhaw. Ymarfer ei ymennydd yn well ganddo nag ymarfer ei gyhyrau. Felly y bu hi erioed. (Tybed pa waith a roddid iddo o dan y drefn newydd?) Dyna pam y dewisodd wneud gradd arall fel myfyriwr hŷn. Dyna fu'r rheswm dros ei oriau hwyr wrth y cyfrifiadur. Dyna sut y cawsai'r fraint yn awr o fod yn dal ar dir y byw i ymgymryd â'r orchwyl hon dros rai a fu'n anwyliaid iddo. Gallai ddwysfyfyrio wrth chwysu chwartiau. Ac wylo'n dawel iddo ef ei hun wrth balu.

Ar ôl gorffen y claddu, dringodd ei ffordd yn ôl dros y clawdd ac i'r tŷ. Y rhaw yn drwm yn ei law. A'i galon yn drymach. Aeth i fyny i'r stydi drachefn ac edrych i lawr ar y bedd mawr teuluol, yn frown fel elastoplast budr ar wyneb glas y borfa yn y cae yr oedd newydd ei adael.

Ni ddeuai ei ferch hynaf adref bellach, ychwaith. Doedd fiw iddo obeithio am hynny. Doedd fawr neb yn dal yn fyw yn y parthau hynny mwyach. Dyna ddywedwyd wrtho ar y sgrîn. Ambell fyfyriwr prin (fel yntau) ac amryw o rai eraill brith, yn amrywio o drythyllwyr i gybyddion. Pawb wedi bod â'i fys lle bo'i ddolur ar yr eiliad dyngedfennol. Neb o bwys.

Yn hemisffir y de, mae'n debyg, yr oedd mwyafrif y rhai a oroesodd. Roedd hynny i'w ddisgwyl o gofio awr y goresgyniad. Byddai bellach fwy o bobl ddu eu crwyn na gwyn eu crwyn yn y byd, ymresymodd. Efallai mai felly y bu erioed. Nid mater o niferoedd

oedd grym bob tro. Wyddai Ceri ddim i sicrwydd beth oedd gwirionedd y sefyllfa. Rhyfeddodd at ei allu ei hun i ymresymu felly. Mor rhwydd. Y fath ryddhad.

Ac yna, wrth sbecian felly wrth y ffenestr, gan hel meddyliau am ddyfodol ei fyd, sylwodd ar wartheg. Mr Jones y ffermwr oedd piau nhw . . . fu piau nhw, tan yr oriau mân. A dyna lle'r oedden nhw byth. Yn pori'n ddidaro i lawr yng ngwaelod y cae. Yr union gae lle y claddwyd ei geraint. Roedd pen pella'r cae yn goleddfu fymryn wrth i'r tirwedd droi'n wastad at y ffordd. Rhaid eu bod nhw yno drwy'r amser. Ac yntau heb sylwi ar y twpsod yn cnoi tra'i fod e'n palu.

Rhaid nad unrhyw alluoedd goruwchnaturiol a achubodd Mot wedi'r cwbl. Wrth gwrs nad oedd e'n gallu darllen. Ci oedd y creadur, siŵr dduw! Peidio â bod yn fod dynol. Dyna wnaeth y tric iddo. Dyna amod yr achubiaeth yn achos Mot. Nid darllen. Nid dewiniaeth. Dim ond mater o rywogaeth. Mater o lwc.

Galwodd amdano. A daeth y ci ato'n ufudd o rywle.

COFIA . . . BLE?

(dal i gadw'r chwedlau'n fyw?)

2001

Roedden nhw wedi bod yno cyn hired ag y gallai Lois ei gofio. Ac yn hirach o lawer na hynny hefyd, siŵr o fod. Er, o feddwl, oherwydd eu harwyddocâd, doedd posib fod y ddau air yn mynd yn ôl ymhellach na chwedeg dau neu chwedeg tri.

Dywedodd Lois wrthi ei hun am gallio, wir.

'Callia, wir!' ebe hi'n uchel. Doedd neb i'w chlywed. Sŵn y ceir yn gwibio heibio yn lladd y geiriau.

Geiriau yr oedd hi'n mynd i orfod ei chystwyo ei hun â nhw trwy gydol ei hoes oedd y rhain, mae'n ymddangos. 'Callia, wir!' Perthnasol iawn ar hyd y blynyddoedd i'w bywyd bach personol hi ei hun, o bosib, ond fel adlais arswydus yn y seici cenedlaethol, doedden nhw ddim yn yr un cae â 'Cofia Dryweryn' nawr oedden nhw?

Dyna oedd y geiriad gwyngalch yr oedd hi wedi gallu cofio ei leoliad trwy gydol ei hoes. Y ddau air bach â'r neges fawr. Yno, wrth ymyl y lôn, ar fymryn o wal. Drwy'r holl flynyddoedd y bu hi a Gareth yn gyrru'n ôl ac ymlaen i'r canolbarth i weld ei fam, roedd y troad allan o bentref Pontcosyn wedi arwain yn anorfod at y gwirionedd hwn, bob tro.

Ond bellach, treiglodd y ddau air yn un. A dotiai

Lois ar y dirgelwch. Yn ddig braidd, ar yr un pryd, fod rhywun wedi amddifadu'r wal o'i hystyr.

Roedd Gareth yntau wedi mynd bellach. Hithau'n weddw ers tair blynedd. Heddiw'n gorfod teithio adref ar ei phen ei hun. Dau wedi dirywio'n un. Beth oedd ystyr hyn?

Ar ei ffordd adref o angladd ei mam-yng-nghyfraith oedd hi – a thybiai fod hynny'n ychwanegu rhyw eironi arbennig at y darganfyddiad. Ni allai roi ei bys ar union natur yr arbenigedd, ychwaith. Dim ond synhwyro ei fod yno i'w ddadansoddi, petai ond ganddi ddigon o amser i bendroni trosto.

Roedd hi wedi gorfod camu o'r car er ei diogelwch ei hun. Hen dro cas oedd hwn yn ymyl y myrddin. Er y teithiau dirifedi, doedd Lois erioed wedi sylwi o ddifrif ar gyflwr y wal cyn hyn. Gweddill y tyddyn wedi hen fynd â'i ben iddo a'r drain a'r ysgall ystrydebol bron â thagu'r swp o gerrig simsan oedd ar ôl.

Oedd raid i hyn ddigwydd heno? Petai'r pynctshar heb ddigwydd ar hyd yr ychydig lathenni hyn o ffordd, fe fyddai wedi parhau â'i siwrne yng nghysur yr atgofion melys ddygodd hi gyda hi o'r angladd. Cael ei gorfodi i dynnu at glais y clawdd gyferbyn â'r wal wnaeth hi. Sŵn y rwber yn malu wedi taro ei chlyw. A'r llyw wedi rhoi hergwd i'w dwylo.

Croesodd y lôn pan gafodd gyfle a safodd a'i chefn at y wal, fel petai ar fin cael ei llun wedi ei dynnu o'i flaen. Hyhi, yn ysblennydd mewn du, a'r gair 'Cofia' yn wyn ac unig ar y chwith iddi.

I ble ddiawl ddiflannodd y 'Tryweryn'?

'Nesh i addo dy ffonio di i ddweud 'mod i adre'n saff. Cofio?'

Fydd hi'n cofio dim, mi wn i'n iawn!

'O! Do fe? 'Sa i'n cofio.'

Ddeudish i! Mewn trwy un glust ac allan drwy'r llall fuo popeth ddeudish i wrth fy merch erioed.

'Meddwl 'sa'n well imi adael iti wybod am hyn, rhag iti ofidio wrth 'i gweld hi'n mynd yn hwyr arna i'n galw . . .'

Meleri'n gofidio am 'i mam! Dyna ddydd fydd hwnnw – os ddaw o byth!

'Ond ti'n cael taith ocê 'blaw am y blydi olwyn 'ma?'

'Ydw! *Champion*, diolch iti. A titha wedi gwneud amser da i Gaerdydd.'

Gyrru fel cath i gythral eto fyth! Byddar i bob gair o rybudd dw i'n 'i gynnig iddi. Gan ei bod hi'n byw yng Nghaerdydd a minnau ym Mhen-y-bont, rown i wedi cynnig mai'r peth call fasa teithio efo'n gilydd i angladd 'i nain. Ond na, roedd ganddi 'i chynlluniau 'i hun yn ôl yr arfer. Cno dy dafod, Lois. Dwyt ti ddim am ffrae ar ddiwrnod cnebrwng Nain.

'Tydw i heb gyrraedd adra eto, Mam. Yn Tesco's ydw i. 'Nymyl Pontypridd.'

'Est ti'n syth o angladd dy nain i Tesco's!'

'Wel! Tydy Nain ddim callach, nac'dy?

Pam ddiawl wnes i ddechra dannod hynny iddi rŵan. Rown i wedi gobeithio gwneud mymryn o siopa fy hun cyn mynd 'nôl i'r tŷ.

'Meddwl ella 'sa un o'r genod er'ill 'na ti'n rhannu efo nhw wedi cael petha i mewn.'

'Y'n nhro i ydy i.'

Mi ddylswn gofio'n iawn sut brofiad ydy rhannu. Fydd byth raid imi rannu tŷ efo neb eto, gobeithio i'r drefn!

'Chredi di byth lle ydw i wedi torri i lawr? Jest tu allan i Bontcosyn . . .'

'Lle?'

'Ti'n cofio! Lle oedd y "Cofia Dryweryn" yna wedi'i baentio . . .'

'Cofia be?'

''Blaw ma'r gair Tryweryn wedi mynd ar goll . . .'

'O! Dw i'n cofio! Ar y bont.'

'Na, nid ar y bont, Meleri. Ar dalcen tŷ. Wel! Bwthyn o ryw fath fasa fo wedi bod, mae'n debyg, rhyw oes. Dim ond yr un wal 'ma sy'n sefyll rŵan . . . Reit ar y tro.'

'Sori, Mam. 'Sa i prin yn gallu dy glywed di . . .'

'Erbyn dallt, mae 'na beth gebyst o sŵn yn y cefndir.'

'Sori, Mam. Mi fydd raid imi fynd. Ma'r larwm dân wedi mynd off. Panics llwyr yma.'

'Run chwerthiniad yn union â'i thad sydd ganddi, diolch i dduw. Ond pam fod popeth yn jôc yn yr oedran yna, wn i ddim!

'Ocê, bach. Siaradwn ni eto cyn diwadd wythnos.'

'Beth ddwedest ti oedd wedi diflannu? Darn o hen wal?'

'Hidia befo, Mel. Ga i air efo chdi eto.'

'Gobeithio fydd y dyn AA 'na ddim yn hir cyn cyrradd!'

Ie, wir! Prin cael cyfle i Amenio hynny ydw i, nad ydy hi wedi mynd. Ond diolch i dduw am ffôns symudol, ddyweda i. Yn un peth, maen nhw wedi gwneud Meleri'n haws cael gafael arni na fûsh i erioed yn ei hoedran hi. A'r ddwy ohonan ni'n mynd ati i ddeud 'Cymer ofal!' *'run pryd. Rhyfadd 'te? I'r blewyn bron.*

Oedd rhywun wedi mynd i'r drafferth o sgwrio'r enw ymaith, tybed? A gadael y gair 'Cofia' ar ei ben ei hun o fwriad? Doedd bosib. Ynteu rhyw weithiwr cyngor oedd wedi dod at ddiwedd ei ddiwrnod gwaith ar hanner joban? A'i gadael ar ei hanner? Ystyriodd Lois y posibiliadau.

Wrth roi'i ffôn yn ôl yn ei bag, camodd yn araf i ben pellaf y wal. Chwe cham ac roedd hi yno. Dyheai am gael mynd o'r ffordd. Y rhes o draffig cyson yn dod i lawr y rhiw i'w chyfeiriad yn rhythu arni'n syn. Fe ddylai hi eu rhybuddio nhw i gyd fod ei char rownd y gornel, mae'n debyg, ond ni chododd fys i wneud dim ynghylch y peth.

Meleri oedd yr unig deulu gwerth chweil oedd ganddi bellach. Byddai hi wedi hoffi mwy. Mwy o blant. Ond cwta flwyddyn wedi geni Meleri, roedd Lois wedi colli ei chroth i gancr. Cael a chael oedd fod ganddi deulu o gwbl.

Petai'r rhwd a'r rhedyn ddim yn gymaint o drwch dros y glwyd – clwyd nad oedd hi erioed wedi sylwi arni o'r blaen wrth yrru heibio – byddai wedi camu trwyddi neu trosti i guddio.

Gallai Lois gofio'n iawn y tro cyntaf y bu'n rhaid iddi egluro 'Cofia Dryweryn' i Meleri. Un o'r teithiau teuluol rheolaidd rheini i weld Nain . . . Neu, na, o feddwl! Ar y ffordd adref ar ôl bod yn ymweld â Nain oedd hi, i fod yn fanwl gywir. Doedd hi erioed wedi ystyried y manylyn o'r blaen. Ond o lle y safai nawr, roedd hi'n amlwg mai dim ond ar y daith yn ôl tua'r de y gwelid y gofeb genedlaethol answyddogol yn glir. Wrth yrru o'r de i gyfeiriad y gogledd, byddai'r tro cas wedi ei droi heb i'r wal ennill ei phlwy o gwbl ym meddyliau neb ond y mwyaf craff.

Sawl tro y bu'n rhaid iddi adrodd yr un hen stori wrth Meleri? Y cwm. Y gymdogaeth ("Be 'dy cymdogaeth, Mam?"). Y ffermydd. Y tai. Yr ysgol. Y capel. Y boddi bondigrybwyll. Yr un hen dôn gron bob tro. Geiriau hud chwedloniaeth – a phob un wedi ei gynllunio i wasgu'r botwm emosiynol cywir. A Meleri am glywed pob un. Bob tro. Pan yn blentyn.

Erbyn hyn, wrth gwrs, roedd hi'n rhan o do newydd oedd â'i sloganau ei hun i'w creu. Rhai nad oedd a wnelon nhw ddim oll ag iaith na chenedligrwydd na hunaniaeth o fath yn y byd. Ar wahân i dir, efallai. Roedd hwnnw o werth iddyn nhw o hyd. Ond dim ond am ei fod yn eiddo ac iddo werth ariannol.

Jargon materoliaeth oedd piau hi heddiw, at ei gilydd. Doedd Meleri ddim gwell na dim gwaeth na neb arall. Arwyddeiriau llwyddiant oedd yn ei sbarduno. Geiriau slic petheuach. Ac anthemau arwynebol y cyfryngau.

Efallai taw ar ei chyfer hi a'i chenhedlaeth y cafodd y gair 'Cofia' ei adael ar ei ben ei hun ar wal. Yn enigma amwys i ddiwallu anghenion gwerin gyfoes y ganrif newydd. Doedd dim pendantrwydd bellach. Dim byd penodol i'w ddwyn ar gof. Am fod popeth yn gallu golygu popeth y dyddiau hyn, doedd dim yn y diwedd yn golygu dim. Dyma beth oedd pigo cydwybod cenedl *à la* heddiw.

'Ôl-fodernaidd iawn!' meddyliodd Lois.

Cerddodd yn ôl ac ymlaen o flaen y wal, yn aros am y dyn.

'Rwy ar fy ffordd adre o angladd fy mam-yng-nghyfraith.'

Pam ddiawl ddeudish i hynny, wn i ddim? Am iddo gredu y baswn i wedi bwrw ati i newid yr olwyn fy hun 'blaw am y dillad 'ma, mwn. Nid fod golwg ddigon twp arno fo i freuddwydio llyncu hynny am eiliad. Mae o a fi'n gwbod mai galw'r AA fyddwn i wedi ei wneud p'run bynnag. Dw i'n talu digon iddyn nhw'n flynyddol, tydw?

'O! Mae'n flin gen i.'

Mae 'Sorry!' yn Saesneg yn gallu cyfleu cymaint. A rhaid fod hwn wedi clywed mwy o falu cachu ar ochr lôn na'r rhan fwyaf o bobl. Methu rhoi 'mys ar 'i acen o, 'chwaith!

'Roedd hi'n gant a phedwar, wyddoch chi. Oedran mawr.'

'Ma'r Fam Frenhines rhyw oedran gwirion felly, yn tydi? Nid 'mod i'n talu fawr o sylw fy hun.'

A pham ddiawl sonish i air am 'i hoedran hi? Wrth hwn, o bawb? Does ganddo ddim affliw o ddiddordeb. Byth ers iddi farw, dw i wedi bo'n deud wrth bob copa walltog wela i 'i bod hi'n gant a phedwar. Pam?

'Wedi colli'i chof yn gyfan gwbl, gwaetha'r modd. Byw mewn môr o ddryswch ers deng mlynedd dda.'

'Garw peth, gweld anwyliaid yn dioddef.'

'Fawr o beryg 'i bod hi'n diodde fel y cyfryw. Cael pob gofal yn y cartref 'na, chwarae teg.'

Pan fuodd Gareth farw, 'sgen i'm cof crybwyll 'i oedran o wrth neb. Toedd y ffaith 'i fod wedi 'i drechu gan aflwydd dieflig a'i fod o wedi'i gymryd oddi arna i yn ddigon? Doedd dim byd mwy na hynny amdano fo o fusnas i neb ond fi. Dyna deimlish i ar y pryd. A pheth felly ydy cystudd, debyg. Un funud, mae o'n llifeiriant sy'n tywallt 'i boen fel dilyw dros bob dim. A'r munud nesaf mae o fel tap sy'n 'cau agor. Yn artaith i gyd.

Paid â phoeni, Sais bach, dw i ddim am ddechra' beichio crio. Ddim dros Nain. A fydda i byth yn crio dros Gareth bellach. Byth.

Fiw imi wneud mwy o ffŵl ohonof fy hun o'i flaen o. Ella mai chwerthin wna i nesaf. Mi fasa hynny'n braf . . . ond mi allsa'r sioc fod yn ormod i'r creadur bach.

'Mae rhywun wedi golchi hanner hwn i ffwrdd.'

Fo a fi yn troi ein pennau efo'n gilydd i sbio ar y wal.

'Wedi bod yno ers blynyddoedd. Rown i a 'ngŵr yn arfer . . .'

'Graffiti. Hen beth hyll ar y gora.'

'Rown i'n arfer ei hoffi. Rhan o'r siwrne, rywsut. Rhywbeth i gadw llygad amdano.'

'Iawn yn y dinasoedd, o bosib. Ond hyll ar y naw yn fan'ma. Ynghanol cefn gwlad.'

Ydw i'n gwastraffu fy Saesneg gorau i egluro i'r mwlsyn gwirion 'i fod o wedi golygu rhywbeth unwaith? 'Ta taw piau hi?

'A mae o'n beryglus. Ar ochr lôn brysur fel hyn. Ar gornel gas.'

Gwena, Lois, gwena!

'Maen nhw'n eich gyrru chi'n go bell o'ch cynefin yn y faniau bach melyn 'ma. O ochra Birmingham, rhywle, ia? Neu'r gororau, ella? Swydd Amwythig?'

'Duwcs, na! Hogyn lleol ydw i, siŵr. Wedi 'ngeni ym Mhenglais. Ma' fama'n ddalgylch naturiol imi.'

'Mynd wrth eich acen wnes i.'

'Mam a 'nhad o Goventry'n wreiddiol. Y nhw ddôth yma gyntaf. Wedi gwirioni ar brydferthwch y wlad, meddan nhw. Yn fa'ma ma'r olwyn sbâr efo'r model yma, yntê?'

Ma'r dyn isho mynd ymlaen efo'i waith, chwarae teg. Nid hel achau yn fan'ma efo rhyw wraig ganol oed nad yw erioed wedi edrych yn dda mewn du.

Byddai Lois wedi hoffi aros ennyd ar ei phen ei hun i ffarwelio'n iawn â'r wal. Ond ar ôl gorffen ei waith, roedd y dyn wedi rhoi ei offer heibio'n dwt, gan gynnwys mynd i nôl y ddau arwydd mawr coch a ddynodai berygl y naill ochr a'r llall i'r car, ac wedi rhoi'r goriadau yn ddefodol yn ôl yn nwylo Lois.

Diweddglo disgwyliedig y ddefod, sylweddolodd Lois yn syth, oedd iddi hi fynd i mewn i'w char a gyrru ymaith yn gwsmer hapus. Dim ond wedyn y gallai'r brodor bach hawddgar deimlo iddo gael cau pen y mwdwl go iawn.

Doedd ganddi mo'r galon i'w siomi. A doedd waeth befo am y wal, mewn gwirionedd.

Onid oedd bywydau wedi eu chwalu am byth gan Dryweryn? A chaneuon wedi eu canu am y gyflafan? A cherddi wedi eu cerfio ar feini er mwyn anfarwoli'r anfadwaith?

Oedd, oedd, oedd! *Ond callia, wir!*

Roedd bywydau'r hen frodorion drosodd. A'r geiriau wedi cael eu golchi ymaith yn enw diogelwch. A doedd dim yn aros ond y dŵr. Yn ddagrau ar foch.

Dros ŵr a gollwyd yn rhy gynnar. Dros fam a modryb a ddibrisiwyd yn rhy hawdd. Dros gariad cyntaf a laddwyd am fod brws a phot paent yn ei ddwylo ar ryw gornel beryglus yn y nos.

Dros Dryweryn roedd y dagrau hyn. Dros Dryweryn.

Dros Dryweryn? Callia, wir! Fuost ti erioed ar gyfyl y lle yn dy fyw.

Na, nid dros Dryweryn.

Erbyn iddi gyrraedd cyrion Aberaeron, roedd y dagrau wedi darfod a Lois wedi dechrau deall ei bod hi'n rhy hwyr i hynny.

Cofia . . . ble?

O lle ddoist ti! O ddiawl o ddim!

Cofia . . . ble?

’RUN FFUNUD Â PHIL

‘Wrth gwrs ’i fod e’n iawn pan adawodd e’r tŷ ’ma!’

Am y tro cyntaf ers i Stuart gyrraedd, ceisiodd Marc roi tinc o lid yn ei lais . . . Yn ofer braidd. Dim ond y dirmyg difater arferol oedd yn diferu drwy’r dweud gydag unrhyw argyhoeddiad.

Ochneidiodd Stuart yn hyglyw. Roedd yn well ganddo gymysgu â dihirod y dref na dynion fel Marc. Nid am fod hwnnw’n hoyw. Nac am ei fod e’n dda ei fyd. Nac, ychwaith, am fod parchusrwydd yn gorwedd amdano fel pais o wlanen fras. O, na! Nid yr un o’r rhain oedd sail ei anniddigrwydd.

Y smygrwydd oedd wrth wraidd y sen. Gallai hwn a safai o’i flaen yn ei holl hyfdra canol oed gyfleu dirmyg gyda’r fath oslef ddiwylliedig yn ei lais fel y teimlai Stuart fod ei ben yn cael ei daro yn erbyn wal oer bob tro y torrai air ag ef. Roedd wedi profi ergydion tebyg o’r blaen. Nid gyda Marc. Roedd y ddau heb gwrdd cyn yr ymweliad hwn. Ond gydag eraill. Ar achlysuron eraill. Pan oedd eraill mewn trybini. A’r cyfrifoldeb am y trybini hwnnw’n gwrthod angori gyda neb neilltuol.

Heddiw, Marc oedd y ‘neb neilltuol’ hwnnw. A syllodd Stuart arno’n ddifynegiant cyn yngan gair ymhellach.

Syllodd Marc yntau’n ôl.

Gwyddai’r naill a’r llall ohonynt nad oeddynt ond

dau ddyn rhesymol, proffesiynol, yn wynebu ei gilydd mewn ystafell Sioraidd, gan geisio dod at wraidd marwolaeth nad oedd o bwys i'r naill na'r llall ohonynt mewn gwirionedd.

'Nagodd e'n isel 'i ysbryd?'

'Ddim o gwbl, o'r hyn welwn i.'

'Ddim hyd yn oed fymryn yn bruddglwyfus?'

Crafu am eglurhad oedd hynny, tybiodd Marc a gwenu at yr awgrym. Fe wyddai'n burion beth oedd bod fymryn yn bruddglwyfus. Roedd wedi gweld y cyflwr yn cael ei gogio ugeiniau o weithiau. A hynny yn yr union ystafell hon, petai'n dod i hynny. Flynyddoedd yn ôl bellach, mae'n wir. Ond doedd yr atgof am yr un a fu'n procio'i emosiynau trwy gogio felly byth ymhell o'i feddwl. Doedd e byth am i'r atgof amdano fod ymhell o'i feddwl. Roedd wedi hen dynnu'r grechwen oddi ar wyneb yr atgof hwnnw a'i gladdu'n ddwfn ym mynwent ei ymwybyddiaeth. Am mai cariad oedd yn gwneud y cofio.

A ph'run bynnag, rhywle yng nghefn ei feddwl, roedd y dybiaeth fod yn rhaid i bob ffuantrwydd droi'n ffars cyn y câi droi'n drasiedi.

'Rwy wedi dweud wrthoch chi sawl gwaith yn barod, Sarjant. Roedd y dyn ifanc yn iawn pan adawodd yma. Rown i'n hanner cysgu, p'run bynnag. Brith gof sy gen i ohono'n mynd . . .'

'Dewch nawr,' torrodd Stuart ar ei draws. 'Fe allwch chi neud yn well na 'na, do's bosib! Dim ond deuddydd yn ôl ddigwyddodd hyn!'

'Prin wawrio oedd hi. Mae'r cof yn cymryd amser i gofrestru. Rown i wedi cael cryn dipyn i'w yfed . . .'

'Ond o'ch chi'n gyrru, meddech chi?'

'Rown i wedi bod yn gyrru, mae'n wir. Ond oriau 'nghynt oedd hynny. Pan es i mewn i'r dre. Roedd y car wedi'i hen gloi'n ddiogel yn y garej ymhell cyn imi ddechrau llymeitian. Wy eisoes wedi mynd drwy hyn.'

'A wedoch chi nawr bo chi wedi ca'l tipyn i'w yfed?'

'Yn ddiweddarach yn y noson, do! Nid cyn imi fynd i'r dref. Wedyn. Sawl gwaith sydd raid imi ddweud?'

'Angen meddwi'n dwll cyn gallu ca'l rhyw 'da chryts ifanc, oes e?' gofynnodd Stuart, gan swnio fel plismon go iawn am y tro cyntaf ers iddo guro gyntaf ar y drws. 'Neu oes raid ichi'u meddwi nhw'n gynta? P'run yw 'i?'

Parhau i wenu'n rhadlon wnaeth Marc, gan godi clustog oddi ar y setî a'i ysgwyd yn egnïol.

'Y fe . . . beth oedd 'i enw fe 'to? . . . y fe fynnodd yfed gym'int ag y gwnaeth e. Un ddiod. Ac yna un arall . . .'

'Ac yna, un arall 'to! Wy'n gweld y pictiwr.'

'Fe aeth bron i botel gyfan o frandi rhwng y ddau ohonon ni.'

'Noson ddrud am dipyn o gwmnïeth? Potel gyfan o'ch brandi gore chi wedi diflannu i lawr corn gwddw . . .'

‘O! Ddes i ddim â’r brandi gore i’r golwg! Does dim raid ichi bryderu am hynny. Stwff gore Sainsbury’s gas e.’

‘A beth arall?’

‘Chas e ddim diferyn o ddim byd arall. Dim ond y brandi.’

‘A beth arall fuoch chi’ch dou’n ’i neud? ’Na beth o’dd ’da fi mewn golwg, syr. ’Blaw yfed . . . fan hyn . . . y noson honno . . . gwta ddeuddydd yn ôl? Rhyw hoff gryno-ddisg ’da chi’n chware’n dawel yn y cefndir, o’dd e? Rhyw drafodeth ddeallusol ddwys am gwrs y byd?’

Cododd Stuart bentwr o gryno ddisgiau yn ei law a byseddodd trwyddynt yn ddidaro. Doedd yno ddim at ei ddant personol ef. Ond gwyddai nad dyna’r pwynt. Dododd nhw’n ôl yn ddestlus ar ben y bwrdd bach.

‘Chofia i fawr ddim, ysywaeth’ ochneidiodd Marc yn annidwyll o siomedig. ‘Roedd rhyw ddisgleirdeb deniadol yn ’i lygad e. Ac i siarad yn gwbl blaen, roedd e ar gael.’

Wrth ddweud hynny, synhwyrai Marc fod natur ddidaro rhyw fel gweithgarwch oriau hamdden yn gwneud pob sôn am y fath ffenomenon i swnio’n anwaraidd. I’r rhelyw, mae’n rhaid, roedd y defodau derbyniol arferol oedd yn amgylchynu rhyw o’u hanfod yn ychwanegu rhyw arwyddocâd aruchel i’r weithred. Allai Marc yn ei fyw weld pam. Fel anghenraid corfforol doedd dim gwahaniaeth rhwng rhamant cadw oed a thrais. Yr un oedd y weithred yn ei hanfod. Yr un oedd y nod. Yr un rhyddhad oedd i'w gael. Ac ni allai'r corff ei hun wahaniaethu.

Yn y meddwl yn unig y câi gwerth y weithred ei chloriannu. Yn y galon. Yr un oedd iaith y bol i bawb. Chwant. Gollyngdod. Ffarwelio.

Doedd dim modd i Marc wybod pam gododd y llanc mor gynnar a mynd i lecyn coediog i'w grogi'i hun. Efallai iddo ddeffro a ffieiddio wrth ei gael ei hun yn gorwedd yn ymyl dyn a edrychai mor hen iddo. Efallai fod y chwyrnu wedi bod yn dân ar ei groen ers oriau. Pwy ddiawl a ŵyr? Doedd dim disgwyl i Marc ei hun allu ateb.

'Rhaid ych bod chi wedi siarad ag e yn y clwb nos,' awgrymodd Stuart. 'Wrth 'i bigo fe lan? Wrth ichi drio gweld pa siawns o'dd 'dach chi i'w fachu fe?'

'Wel, do! Mae'n rhaid eich bod chi'n iawn. Ond y cyfan alla i gofio yw 'i fod e'n giwt uffernol yr olwg. Yn chwerthin lot. Gwenu drwy'r amser.'

'Dda'th e ag unrhyw gyffurie gydag e? Fuodd e'n llyncu rhywbeth 'blaw brandi? Ffroeni? Chwistrellu?'

'Naddo wir. Fyddwn i byth wedi caniatáu'r fath bethe.'

'Wy'n gorffod ca'l y darlun llawn, chi'n gweld,' eglurodd Stuart, fel petai wedi hen ddiflasu ar ei swydd. 'Er mwyn cwpla'r adroddiad 'ma ma'n rhaid i fi 'i gyflwyno. '

'Unwaith gyrhaeddon ni'n ôl fan hyn i'r tŷ, a'th e i'w gragen braidd,' ebe Marc. 'Yn nerfus bron. Wn i ddim pam.'

'Nerfus?'

'Cyn i chi gynhyrfu gormod, fe allai'ch sicrhau chi fod popeth wnaethon ni wedi'i wneud gyda'i gytundeb llwyr e. Peidiwch â ngham-ddeall i ar hynny. Roedd e'n greadur cariadus iawn, a dweud y gwir. Eisteddodd e draw fan'na ar y soffa lwyd. Yn llyncu drachtie swmpus o frandi ac yn baglu trosto'i hun i 'mhlesio i.'

'A wy'n tybio iddo lwyddo? I'ch pleso chi, hynny yw?'

'Nid ar yr union adeg honna, na. Ddim yn arbennig. Fûm i erioed yn un i adweithio'n ffafriol i ryw swmpo sydyn digyfeiriad. Nac i ymosodiad dirybudd ar fy laryncs gan horwth o dafod dieithr.'

'Shwt nath e'ch pleso chi, 'te? Yn ddiweddarach, ife? Pan ethoch chi lan llofft i'r gwely, walle?'

'Mae gofyn hynny'n gwbl anllad. Heb sôn am fod yn embaras llwyr i mi.'

Am y tro cyntaf ers i'r plismon godi'r cylch mawr haearn a'i guro i geisio mynediad wrth ddrws y ffrynt, fe gollodd Marc ei limpyn. Diflannodd y wên. Tynnodd ei lygaid oddi ar wyneb y dyn.

'Serch 'ny, wy'n credu y cytunwch chi â fi fod hyn yn llai o embaras na gorffod adrodd yr hanes yn llys y crwner.'

'Llys crwner? Ddaw hi i hynny?'

'Fe ddaw.'

Gwridodd Marc fymryn, ond heb golli dim ar ei hunanreolaeth.

Hyd yn oed o'r gwg a grychodd ei wep rai eiliadau ynghynt fe gododd y wên yn ôl i'w wyneb drachefn. Yn hunanfeddiannol a hyderus. Roedd ganddo gyfarfod o'r Siambr Fasnach i fynd iddo toc. Doedd fiw iddo adael i'r plismon 'ma wastraffu fawr fwy ar ei amser.

'Ife o un o'r gwydre hyn y llyncodd e'i ddiod?'

Cododd Stuart dymblyr grisial wrth siarad. Roedd llond hambwrdd arian o wydrau tebyg, o bob siâp a maint, yn gorwedd yno ar ben y celficyn cain wrth ei benelin.

'Ie,' atebodd Marc yn onest, wedi ei ddrysu am ennyd gan y manylyn.

Hoffai Stuart bethau cain o'i gwmpas. Ond doedd ganddo mo'r hyder eto i'w mynnu trosto'i hun. Na'r modd, bob amser, i'w prynu. Tŷ bychan ar stad gyffredin ymhell o gyrion y dref oedd yr un a rannai ef a'i gariad. Dodrefn er mwyn hwylustod oedd eu dodrefn nhw. Darnau bychain, dethol i ateb y gofynion. Gwydrau a âi i'r peiriant golchi llestri. Cwpwrdd erchwyn gwely oedd yn dal i adael digon o le ar lawr y stafell wely i'w beiriant rhwyfo. Blaenoriaethau cymysg bywydau nad oedd eto wedi dod o hyd i'w canol llonydd.

Rhoddodd y gwrthrych brau i lawr drachefn gydag edmygedd.

'O'ch chi'n gwbod 'i fod e'n derbyn gofal seiciatryddol?'

'Nago'n,' atebodd Marc yn goeglyd. 'Ddaethon ni

ddim rownd i sôn am iechyd meddwl y naill na'r llall ohonon ni, yn rhyfedd iawn! Ein bryd ni ar bethau eraill, chi'n gweld?'

'Yfed brandi o wydre drud. Lapswchan fan hyn ar y soffa lwyd. Gwneud beth bynnag nethoch chi lan llofft. 'Na'r siort o bethe a'th â'ch bryd chi, ife?'

'Yn gwmws. Chi yn llygad 'ch lle.'

'Sodomi, ife? Lan llofft. Chi'n edrych fel y math o ddyn llwyddiannus canol o'd sy'n dwlu 'i chymryd hi 'da rhyw grwt ifanc heini ac egnïol. Odw i'n iawn? Neu walle taw fel arall rownd ddigwyddodd pethe. Nagw i byth yn rhy dda am ddeall y pethe 'ma.'

'Chi'n hynod o eangfrydig, am blismon! Fel ciwed, dych chi ddim i fod yn dda iawn am ddelio â hoywon, ydych chi? Nid 'mod i wedi sylwi ar ddim byd mas o'i le erioed. Heb gael fawr i'w wneud â chi.'

'Dyw dynion busnes parchus fel chi ddim fod ca'l unrhyw drafferth da'r heddlu,' ebe Stuart. 'Amddiffyn buddianne pobol fel chi yw un o'r prif resyme pam 'yn ni 'ma.'

'Pobol wedi torri mewn i'r siop ddwywaith neu dair, wrth gwrs, dros y blynydde. Plismyn dros y lle fel gwibed bryd hynny. Cwrtais iawn. Di-lol. Neb wedi'i ddal erioed. Ond ddylwn i ddim disgwyl gormod, mae'n debyg.'

'Nage mater o'ch condemnio chi yw e, syr. Na'ch cymeradwyo chi 'chwaith, o ran 'ny. Ych difrawder chi sy'n troi arna i.'

Penderfynodd Marc na fyddai'n cyffwrdd â'r un

gwrthrych arall yn yr ystafell tan ar ôl i'r plismon fynd. Byddai wedi hoffi codi'r llun o Phil oedd ganddo ar ben y piano. Roedd cysur bob amser mewn codi a chydio a chofleidio.

Sylweddolodd ei fod yn dueddol o wneud hynny'n ddifeddwl. Llithro ei fysedd dros ddodrefn. Anwesu ambell addurn a llun. Roedd e'n gysur. Yn ffordd o adfer ffydd.

Ar bapur, ef oedd piau'r holl ystafell, wrth gwrs. Ef oedd piau'r tŷ. Ond gwyddai Marc fod yr ystafell fawr honno yn ffrynt y tŷ yn perthyn i ddau, mewn gwirionedd. Phil ac yntau. Ei arian ef wedi gwneud yr ystafell yn bosibl. Chwaeth Phil wedi gwneud yr ystafell yr hyn ydoedd.

Drawing room nodweddiadol Sioraidd mewn tŷ nodweddiadol Sioraidd. Dyna oedd hi. Y tawel llonydd mewn tŷ teras braf ynghanol tref. Hyderus heb dynnu sylw ato'i hun. Dyna sylwedd y tŷ. Dirodres heb fod yn ddistadl. Roedd hanfod tawelwch y tŷ yn un â'r hyder llonydd fu yn eu perthynas.

Aethai pum mlynedd heibio. Ond gwyddai Marc fod Phil yno o hyd. Nid yn y fframiau arian a ddaliai ei luniau yn unig. Roedd y rheini'n ddelwau amlwg, cyhoeddus. Yn rhai y gallai pawb eu gweld. Ond roedd defnydd llenni a gwneuthuriad blodau sychion yn wahanol. Dim ond Marc ei hun allai ddirnad Phil yn y rheini'n awr.

'Roedd e'n ifanc, wrth gwrs,' meddai Marc yn drist. 'I fynnu cymryd ei fywyd ei hun fel'na.'

‘Strywa’i hun! Ac i beth, yn tefe?’

‘Pwy ddwetsoch chi ddôth o hyd iddo?’

‘Rhyw ddieithryn llwyr. Dyn yn mynd â’i gi am dro. Yr un hen stori.’

‘Druan ag e!’

‘Hanes hir o salwch meddwl, medden nhw. Ansad iawn. Anwadal. Wedi bod o oedran cynnar.’ Tynnai Stuart ar yr ymchwil arwynebol a wnaethai eisoes. ‘Wedi tyfu lan yn teimlo nad o’dd neb ishe fe. Ca’l ’i roi mewn gofal. Mewn a mas o gartrefi plant. A ni i gyd yn gwbod be sy’n mynd ’mla’n yn y rheini!’

‘Mae’n stori drist, mae’n amlwg . . .’

‘Gwrthod setlo ’da’i rieni maeth. Chware trwant o’r ysgol. Ca’l ’i roi ar brawf am ddwyn ceir . . .’

‘Arwydd pendant o lanc sy’n mynd i ’nunlle ar frys,’ gwamalodd Marc yn ddigydymdeimlad. ‘Wir! Ma’n rhaid ichi fadde imi, ond wela i ddim fod gan hyn ddim oll i’w wneud â fi.’

‘O fewn orie o ad’el ych gwely chi, ro’dd e’n cymryd ’i fywyd ’i hun. Wy’n credu fod hwnna’n rhoi chi yn y pictiwr yn rhywle.’

‘Fe alla i weld fod gan y llanc lwyth o brobleme. Ac rwy’n sicr wedi cael sioc o glywed ’i fod e’n farw. Ond fedra i yn fy myw weld y cysylltiad ’da fi. Doedd yr hyn ddigwyddodd rhyngof fi a fe ddim ond yr hyn oedd yn digwydd iddo ddwywaith neu dair bob wythnos, siŵr o fod. Dw i ddim yn teimlo’r un iot o gyfrifoldeb. Ydych chi’n deall?’

‘’Sa i’n siŵr faint o hyn och chi’n ’i wybod yn barod, chi’n gweld.’

‘Clywch! Roedd e’n wenwr. Yn wenwr hudolus, hapus iawn yr olwg. Un cocwyllt, annwyl rhwng y canfasau. I hynny y des i ag e ’ma, nid i dynnu sgwrs.’

‘Y wên oedd man cychwyn eich diddordeb chi? Yn gynharach? Yn y clwb? Pan welsoch chi fe’n sefyll fan’ny’n edrych arnoch chi?’

Tynnodd Marc anadl ddofn. A throdd ei lygaid at y llun agosaf ato o Phil. Roedd wedi addo peidio â chyffwrdd. A llwyddodd i’w reoli’i hun.

‘Ie, mewn ffordd o siarad,’ atebodd o’r diwedd. Er fod ei lais mor gryf a hyderus ag erioed, roedd yr ymffrost wedi mynd ohono.

‘Ond nagyw gwên bob amser yn dweud y gwir, syr,’ barnodd Stuart wedyn ar ôl egwyl fechan.

‘O, byth!’ mynnodd Marc yn syth. ‘A byth i lanc difreintiedig fel’na, mae hynny’n ddigon siŵr. Ond un o wirionedde trist ein cymdeithas ni yw hynny, nid dim o ’ngwneuthuriad i. Fe gynigies i frecwast, wyddoch chi. O, do’n wir! Rwy’n digwydd bod yn giamstar ar wneud crempogau. Hynny fel petai’n ei blesio ar y pryd, pan sonies i wrtho. Ond dyna ni! Rhaid fod y swyn wedi diflannu erbyn chwech o’r gloch y bore.’

‘Dyna pryd adawodd e’n derfynol?’

‘Ie. Ges i ’neffro gan y matras yn cael ei symud. Roedd e’n codi’r godre, wrth chwilio am un o’i sane, medde fe. Rhaid oedd mynd, medde fe wedyn. Y gole'n brifo'n llyg'id i. Ond fe sylwes ar y cloc.'

'Nesoch chi ddim gofyn iddo pam oedd e ar shwt ras wyllt i fynd?'

'Fyddwch chi ddim yn gofyn peth felly pan ddowch chi i'n oedran i, rwy'n addo ichi. Gormod o ofn clywed yr ateb, chi'n gweld!'

Caniataodd Stuart wên ddoeth i gripian dros ei wyneb. Gallai ddeall didwylledd y dyn. A hyd yn oed ddechrau ei hoffi. Ond ei ofid mawr oedd na ddôi o hyd i'r ateb yno. Roedd hi'n hwyr glas arno i orffen ei adroddiad. Ond edrychai'n fwyfwy tebygol na ddôi o hyd i ddim byd amheus i glymu'r ymadawedig gyda Marc. Dim ond llinynnau rhydd digyswllt oedd yn hofran yn yr ystafell oer hon. Y math o linynnau oedd bob amser yn hofran dros y bobl eofn hynny oedd yn dragwyddol chwilio am ollyngdod rhywiol, gan wneud popeth o fewn eu gallu i osgoi caru.

Fflachiodd wyneb ei gariad ar draws sgrîn ei feddwl. Un didwyll iawn yn ei serchiadau oedd Stuart. Ffyddlon. A chadarn fel y graig. Heb iot o sentimentaleiddiwch yn ei gylch. Ar ryw ystyr, caru oer oedd craidd ei garu yntau hefyd. Ond yn wahanol i Marc, roedd yn rhaid iddo ef garu'n gyson.

'A chwech o'dd hi? Chi'n siŵr o'ny?'

'O! Ydw, perffaith siŵr! O fewn deng munud roedd y gole wedi'i ddiffodd eto. Ac fe glywes i gnociwr y drws yn taro'n ôl yn erbyn y pren wrth i'r drws gael ei gau'n glep.'

'Dim arian wedi cyfnewid dwylo?'

'Bobol bach, naddo! Roedd e wedi cael digon o 'mrandi i fel oedd hi. Ac edrych fel Phil ai peidio, fyddwn i ddim wedi torri gair ymhellach ag e tase 'na arlliw o rent ynghylch y cyfarfyddiad.'

'Phil?'

'Fy mhartner am bymtheg mlynedd.' Amneidiodd Marc ei ben i gyfeiriad y llun oedd agosaf at lle safai'r dyn arall. Draw wrth y seidbord. Doedd fiw iddo ddechrau byseddu'r gwrthrychau nawr. Câi hwnnw godi'r llun drosto'i hun pe dymunai. 'Fe golles i e pan own i'n hanner cant. Ydych chi'n siŵr na chymerwch chi ddiod o unrhyw fath? Te, efallai?'

'Na. Na, ddim diolch.' Llithrodd y geiriau o enau Stuart heb iddo dalu sylw iddynt bron. Roedd wedi troi ei ben i sbio ar y llun. A chamodd ei olygon yn araf ar hyd yr ystafell, o ffrâm i ffrâm. Yng nghraidd pob carreg gamu, roedd gwên olygus yn ei aros, yn rhes o ddannedd gwynion ac yn bâr o lygaid pefriog ym mhob llun.

'Anaml iawn fydda i'n mynd i'r clwb 'na, wyddoch chi? Anaml iawn fydda i'n chwantu secs y dyddiau hyn. Rhyfedd, 'te? Dyma'r fath o siarad oeddech chi eisie o'r dechre, yntefe? Fi'n datgelu popeth am yr holl gleme bach rhywiol 'na ma' pawb yn mynd ar 'u hôl o bryd i'w gilydd . . .'

'Ma' 'da chi'r un hawl â phawb arall i'ch chwante . . . a'ch cyfrinache.'

'Eangfrydig iawn, fel wedes i . . .'

'Wedoch chi wrtho fe 'i fod e'n atgoffa chi o'ch diweddar gariad?'

'O! Mwy na'n atgoffa i ohono fe, Sarjant. O'dd e'n edrych 'run ffunud â Phil. 'Run ffunud yn gwmws. 'Na'r unig reswm es i draw ato i dorri gair yn y lle cyntaf. Doedd e o ddim diddordeb imi ynddo'i hun, wrth reswm.'

'Wedoch chi 'na wrtho fe?'

'Wel, do! Fe ddangoses i'r llunie 'ma iddo a phopeth. Iddo gael gweld trosto'i hun mor rhyfedd oedd y tebygrwydd.'

'Beth wedodd e?'

'Wel! Dim mewn gwirionedd. Dim ond dal i wenu. A gorwedd fan hyn yn gad'el imi 'i garu fe. Pam? Dych chi ddim yn meddwl fod gan hynny ddim oll i'w wneud â'i farwolaeth e . . . ydych chi?'

MAN GENI

Rwy'n ddewr, medda fo. Ond tydw i ddim, wrth reswm.

Trio bod yn glên oedd o, debyg! Neu deimlo'n lletchwith. Y ddau ohonan ni wedi'n dal yn yr un cwch, mae'n ymddangos. Bedda i'w tendio a fawr o flas ar yr orchwyl.

Ar y bws esh i yno, yn ôl fy arfar. *Cerbydau'r caridyms*, fel fydda Tom yn 'u galw nhw erstalwm. Toedd ganddo farn ar bopeth? Ond siawns na fasa'n dda ganddo allu dal hyd yn oed un o'r rheini erbyn heddiw.

'*Daeth i ben deithio byd', Tom bach!*

Ac i mi . . . a fedra i ddim egluro hyn . . . ond ma'r ffaith fod y daith mor hir i ben pella'r dre ar y bws yn rhan o'r apêl, rywsut. Yr un rigmarôl, haf a gaea. Gorfod aros am hydoedd i'r bws gyrraedd yn y lle cynta. Rhygnu'n ffordd rownd pob stad dai cyngor sydd yn y dre 'ma. Mam a'i choetsh yn mynnu dal pawb i fyny am oesoedd o leia unwaith ar bob taith.

Pobl â'u pasys yn 'u pocedi'n barod. Dyna'r rhai sy'n ddibynnol ar fysys o gwmpas y lle 'ma. Digon hawdd 'u nabod nhw. Nid fel fi, yn gorfod palu i waelod pwrs i ddod o hyd i arian parod.

Erbyn imi gyrraedd yr hen fynwent 'na, yn amlach na pheidio, mi fydd y bloda yn 'y nghôl eisoes yn dechra' gwywo. Felly roedd hi heddiw, fel ag erioed.

Car yn rhydu wrth dalcen tŷ a chitha'n trafferthu hefo'r bỳs! W! Mi'i cês hi'n chwyrn gan Manon heno eto. Honno, yn ôl 'i harfar, yn dannod i'w mam yr arwydd lleiaf o arwahanrwydd, ond yn disgwyl imi dderbyn 'i giamocs hitha'n dalog a dirwgnach.

Dim ond sôn wrth Manon am ymweld â bedd 'i thad sydd raid ac mae'r dannedd miniog 'na'n dechra sgyrnygu.

Wel! Tydy'r car ddim yn segur wrth dalcen y tŷ, diolch yn fawr! Mi a' i i Safeways ynddo'n ddidraffarth bore 'fory, neu draw i Fenllech i alw ar Siw rhyw ben wythnos nesaf. Ond mae meddwl am yrru fy hun i'r fynwent yna'n wahanol, rywsut. Fedra i ddim egluro. Dw i jest yn gwbod na fedrwn i yn fy myw 'i wneud o.

Ac ar ben hynny, mae'n beryg bywyd parcio wrth ymyl y lôn 'na. Fe ddôth hynny'n ddigon amlwg ddiwrnod y cnebrwng, yn do? Hen dro milain 'dy hwnnw lle mae'r glwyd. Ceir yn gwibio heibio bob yn ail funud. 'I gwneud hi'n amhosib i neb ama nad eith bywyd yn 'i flaen.

Roedd gynno fo gar. Rover mawr o ryw liw marŵn ysblennydd. Fe gesh i gynnig lifft yn ôl ganddo a phob dim, chwara teg. Ond gwrthod wnes i. Peth peryg derbyn pàs gan ddieithryn llwyr, yn tydy? Nid fod 'na fawr o beryg i ddynas f'oedran i, siawns! Ond fasa'r siwrne ddim yn gyflawn, rywsut, heb ymlwybro adra'n unig yr olwg, yn ôl fy arfar.

Er, o feddwl, toeddwn i ddim yn teimlo'n unig

heddiw wrth ddod yn ôl. Hel meddylia amdano fo a'i ddiweddar wraig. Santes yn ôl y sôn. Wn i ddim sut lwyddodd o i ddeud cymaint amdani mewn cyn lleied o amser. Rown i'n teimlo'n reit annigonnol erbyn diwadd y sgwrs.

Pedwar o blant, medda fo, a phob un wedi gadael y nyth. Mynd i bellafoedd byd, hefyd, o'r hyn ddalltish i. Singapore a Warrington oedd dau o'r llefydd grybwyllodd o, ond chofia i mo'r lleill. Rhyw fanna gwyn fan draw, mae'n siŵr. Dwy fangre bellennig arall na fûm i ar 'u cyfyl nhw erioed.

Cael Manon yng Nghaerdydd yn ddigon o groes i mi ei chario, meddwn innau. Esh i ddim i sôn am Sandra.

Fe gododd y gair 'Athro' o flaen enw Tom ar y garreg gryn argraff arno. Mi fedrwn weld. Isho gwbod Athro beth oedd o. Tybio'i fod o'n beniog, mae'n rhaid.

Toeddwn i ddim am roi'i deitl o ar y garreg fedd, mewn gwirionedd. Manon fynnodd. Wel! dim ond Tom fuodd o i mi erioed.

Chlywodd o erioed sôn amdano, 'chwaith. Toeddwn i'n synnu dim. Fydd neb byth wedi clywed sôn am Tom. Yr holl raglenni teledu diflas 'na wedi'u recordio'n ofer! A minna wedi hen sylweddoli mai digon cyfyng oedd cylch 'i enwogrwydd honedig o, wedi'r cwbl. 'I hen lawia fo yn y coleg, wrth reswm. Y rheini'n 'i gofio fo'n iawn, does bosib. Ond prin fydda i byth yn clywad gair oddi wrth yr un ohonyn nhw bellach. Pawb yn brysur, debyg! Gyrfaoedd i'w dilyn. Ysgolion i'w dringo. Tina i'w llyo.

Ar ôl deng mlynadd ar hugain o fyw efo Tom, mi ddylwn i wybod sut mae'r byd yn troi.

Llygaid glân oedd gynno fo. Yn gwenu. Hyd yn oed mewn mynwent. Ond nid mewn ffordd annifyr, 'chwaith.

Llais bas, dwfn. 'Sgwn i ydy o'n canu mewn côr? Na, roedd o'n rhy addfwyn i gôr. Hoffi *volume* fydd cora, yntê? Nid ansawdd. Ond be wn i am ganu?

Mwy na dim byd arall! Fel fasa Tom wedi'i ychwanegu efo'i surni arferol.

A siawns nad oedd o'n iawn.

Cot frown oedd amdano fo. Brown-felyn, bron. Lliw mwstard, ella! 'Dach chi ddim yn disgwyl hynny mewn mynwent, rywsut. Wn i ddim pam, 'chwaith.

Nid yno i alaru oedd o, medda fo. Yno i ddathlu a deud diolch.

Yno i gadw'r lle'n daclus oeddwn i. Dyna fasa Tom wedi'i ddisgwyl gen i. Ac mi ddeudish i hynny wrtho'n blaen. Wel! Tydw i erioed wedi bod fawr o un am ffugio emosiyna. Rwy'n dal isho dangos parch at Tom – wel, mi fydda i byth, mae'n debyg! – ond dw inna' hefyd wedi gorffen galaru.

Rhaid mai *mowhair* neu rywbeth felly oedd hi. Y got. Rhyw flewiach go gras yr olwg. Ond drud. Mi fedrwn weld hynny. Melyn fel ddeudish i. *Tweed* o rywle anghysbell, ella!

Mi fydda' Mam erstalwm yn arfar defnyddio'i dychymyg i ddiosg pobl o bob dilledyn gweladwy oedd amdanyn nhw ac yn gallu olrhain achau pob cerpyn yn ôl i'r creadur y bu'r defnydd unwaith ar 'i gefn. Dafad. Buwch. Gafr. Cwningen. Hyd yn oed grocodeil unwaith, yn ôl yr honiad . . . cyn y rhyfal . . . pan ddôth 'i brawd hi'n ôl o'r môr un tro yn swanc i gyd. Un lew am weld y tarddiad yn y toriad oedd hi. Ond mi ges i fy amddifadu o'r ddawn honno.

. . . *A llawar dawn arall!* . . . chwedl Tom.

Dw i'n crynu fel deilan! Tydy o newydd ffonio?

Roedd o wedi gorfod gwneud y mymryn lleia o waith ditectif i ddod o hyd i'n rhif i, medda fo. Bu bron imi ddeud wrtho 'mod i yn y llyfr ffôn fatha pawb arall, ond mi lwyddish i ymatal. Mi ddylai wybod 'i hun nad oes gan neb obaith byw *incognito* yn fan'ma.

Does ryfadd yn y byd fod Manon wedi hel 'i phac am Gaerdydd gyntad fedrai hi. Ddylwn inna mo'i beio hi, debyg. Ond 'i mam hi ydw i, 'te? Ac i be ma' mama'n dda ond i ddannod i'w plant ym mhle maen nhw'n dewis byw. Ym mhle . . . a sut!

Dim ond yr hen goleg 'na sy wedi 'nghadw i yma ar hyd y blynyddoedd. Dim ond dod i wneud cwrs gradd wnes i. Cwta dair blynedd yn y tŵr ifori ac yna allan i'r byd mawr. Dyna oedd y bwriad. Ond rwy'n dal i fyw yn 'i gysgod o, rywsut. Yr hen goleg llwyd 'na.

Tom sydd ar fai, wrth gwrs. Cwrdd â Tom. Canlyn Tom. Tom yn fwy peniog na fi. Tom yn fwy peniog na neb yn 'i ddosbarth. Tom yn aros 'mlaen i wneud MA. Tom yn mynd am 'i PhD. Tom yn cael 'i ddyrchafu'n ddarlithydd. Tom yn cael y Gadair… . Tom yn clafychu. Tom mewn cystudd. Tom yn 'madael … .

A finna fan'ma o hyd. Yn y dre 'ma nad oeddwn i wedi cymryd ati fawr yn y lle cyntaf.

Nabyddish i mo'i lais o i ddechra. Fydd neb dw i'n 'i nabod yn arfar ffonio yng ngola dydd. Dim ond rhyw dacla'n gwerthu ffenestri neu'n crybwyll hanner dwsin o bowdrau golchi ac am wybod p'run sydd ora gen i.

Y car oedd 'i esgus o. Am wybod faswn i'n licio mynd am dro ryw brynhawn yn y Rover, gan 'mod i wedi dangos cymaint o ddiddordeb ynddo y dydd o'r blaen, medda fo.

'Sgen i fawr o gof am hynny. Cofio crybwyll fwy nag unwaith mor ddel oedd y lliw, mae'n wir. Ond rhywbeth i'w ddweud oedd hynny'n fwy na dim. Tydw i'n gwybod affliw o ddim am geir!

Wel! Be fedrwn i'i ddeud wrtho a fynta wedi 'nal i'n ddirybudd fel'na?

Synnu mor swil roedd o'n swnio oeddwn i. Os fedar dyn busnes llond 'i got fatha fo swnio'n swil. Ofni mai 'na' fydda'r atab oedd o, beryg!

Cricieth amdani, felly! Sbin bach, chwedl yntau! Fory nesa.

Tydy o mo'r lle mwya cyffrous yn y bydysawd,

nac'dy? Ond fo sydd ddoetha, debyg! Wedi'r cwbl, go brin fod y naill na'r llall ohonan ni'n chwilio am fawr o gyffro yn ein hoedran ni.

Gesh i fwy o flas ar y te nag ar y castell. Wel! Dw i wedi bod o amgylch hwnnw sawl gwaith cyn heddiw. A tydy o'n newid fawr.

Nid 'mod i'n cwyno, cofiwch. Diwrnod i'w gofio yn ei ffordd 'i hun. Heddiw.

Y genod bach 'na'n gwneud gwyrthia a deud y gwir. Rheini oedd yn gweini wrth y byrdda. Cerddwyr mewn siwmperi gwlân a Saeson powld wedi cymryd y lle drosodd, braidd. Ond sgonsan gynnas, ffres pan ddôth hi. A phanad dda o de.

Rown i'n barod amdani erbyn hynny. Heb gerddad cymaint ers blynyddoedd! Ma'r traed 'ma'n dal i frifo. Sgidia anaddas, ylwch! Arna i fy hun mae'r bai. Heb rag-weld y gallsai o fod yn gerddwr o fri! Roedd 'i fegin o'n dal i fynd fel llafnyn ifanc ymhell ar ôl i mi ddechra pwffian wrth 'i gwt o.

Gwneud jôc o'r peth ddaru o. Herian na toeddwn i'n ffit. Tynnu coes mewn ffordd reit glên.

Doedd o heb ddisgwyl cael gwers hanes gen i, mwn! Pwy gododd beth. A phryd. A pham. O ble begyst ddôth yr holl wybodaeth, duw a ŵyr! O'r cof, mae'n rhaid. Olion hen ddarlithoedd Tom wedi bod yn hel llwch yng nghefn 'y meddwl i ar hyd y blynyddoedd. A fynta wastad yn honni nad own i'n cymryd yr un iot o sylw o ddim oedd ganddo i'w ddeud.

Mwy o'i ddoethinebu o ar gof a chadw fyny fan'ma yn y pen 'ma s'gen i ar f'ysgwydda i nag ym mhenna'r un o'r myfyrwyr fuo ganddo dros y blynyddoedd, mi fentra i swllt. Rhai digon di-feind a di-ddiolch fuodd rheini at 'i gilydd. Toedd Tom ddim yn un o'r darlithwyr rheini y bydd cynfyfyrwyr yn hoffi'u brolio a'u mawrygu fel rhyw ffrind tadol. Nid dyna'i steil o. Mater o anian, debyg.

Nid na ddaru o dro da ag aml un yn ystod 'i oes, achos mi ddaru. Mi alla i dystio'n iawn i hynny. Ond Tom oedd Tom. A dyna fo.

Chawn i ddim talu am ddim drwy'r dydd. 'Y nghwmni i'n ddigon o dâl, medda fo. Wrth 'i fodd yn clywad hanes y castell. Ac amball stori fwy amheus na'i gilydd am Lloyd George. Blynyddoedd ers imi fod wrth fedd yr hen gi hwnnw, hefyd. Doedd hi fawr o gyrchfan i Tom – a chwedyn, dyna fo!

Mewn hen becynnau bach maint stamp ddôth y menyn. Digon blasus. Ond rown i'n synnu braidd nad oedd desgl i'w dal. Cael 'u gadael ar ymyl y plât yn ddiseremoni. Felly mae hi ym mhobman heddiw. Torri corneli. Steil hyd at ryw bwynt. Ond y filltir fach ola 'na'n rhy bell i bawb.

Prin filltir neu ddwy ddaru ni gerdded i gyd, erbyn meddwl. Fi sydd heb arfar. Gwneud lles imi. Awyr iach. Ysgwyd tipyn ar yr hen gorff 'ma.

Glas 'dy lygaid o. Nid glas fatha Paul Newman. Mwy o las du. Nid du, 'chwaith, be haru mi? Tywyll ydy'r gair dw i isho, debyg.

Cot croen dafad. Y math na fyddwch chi'n 'i gweld yn aml heddiw. Crys a thei. Sgidia cryfion, du. A du oedd y rheini hefyd. Du go iawn. Yn sgleinio'n gadarn am 'i draed o.

A minna'n teimlo 'mod i wedi'i adael o i lawr, rywsut.

Dweud wrtha i am beidio â bod mor wirion ddaru o, wrth gwrs. Y wên yna'n gwneud imi gredu bob sill.

Yn wahanol i mi, fe gymerodd o ddwy baned. A jam ar 'i sgon.

Tybed sut mae o'n cadw mor heini'r olwg? Dim ôl braster am 'i wregys o o gwbl. Mae o'n gefnsyth fel pocar. Ac wedi arfar cerddad yn dalog i fyny pob bryncyn y dôth o ar 'i draws mewn bywyd erioed. Dyna ddeudodd o. Yr union eiria.

Wel! Ia! Cerddad, siwr dduw! Dyna'r atab mewn gair. Yn y gwneud y mae'r ymarfer.

Wedi bod yn fòs arno fo'i hun ers bron ddeugain mlynedd, yn ôl sôn. 'I fusnas o ydy'i unig sgwrs o, fwy neu lai, erbyn meddwl. Ar wahân i'r nythed o blant 'na s'gynno fo. Fiw imi anghofio am y rheini! Wrth 'i fodd yn adrodd 'u hanas nhw.

Rhaid 'i bod hi'n braf. Cael bod yn fòs arnach chi'ch hun. Ar ryw ystyr, mi fuodd Tom yn fòs arno fo'i hun am y deng mlynedd olaf. Ond hyd yn oed wedyn, roedd 'na ryw ddeon cyfadran neu brifathro iddo dynnu i'w ben yn achlysurol. Fuodd o erioed yn wirioneddol rydd.

Cerddad oedd un o'i betha yntau, wrth gwrs.

Finna'n mynd efo fo yn y blynyddoedd cynnar. Sgidia trymion am 'i draed o a holl hanes pa bynnag horwth roeddan ni ar ein ffordd i'w weld yn ddarlith ar 'i leferydd o yr holl ffordd yno. Cynulleidfa o un.

Pryd ddechreuodd o fynd allan hebddo i, deudwch? Pan ddechreuodd Manon fynd yn rhy drom i'w chario, debyg. Hithau'n swnian. A'r ddwy ohonan ni'n troi'n ôl at y car. Allan o sŵn dysgeidiaeth. Yn ôl at gysur gwresogydd ac amball far o siocled y byddwn i wedi'i guddio ymlaen llaw yn y *glove compartment*.

Ew! Crand oedd y Rover 'na heddiw. Hwnnw'n sgleinio fatha pìn. A chael 'i gadw'n lân ganddo. A chyflym, peidiwch â sôn! Adra cyn iddi nosi ddeudodd o. Ac adra' cyn iddi nosi oeddan ni hefyd.

Sonish i'r un gair wrth Manon am y diwrnod allan. Newydd ffonio mae hi.

'Dach chi'n swnio'n llawen iawn heno, ddeudodd hi ar ddiwedd y sgwrs. Peth rhyfadd i'w ddeud, yn toedd? Wn i ddim sut fydda i'n swnio iddi fel arfar.

Os ffonith o fi eto i 'ngwahodd i i rywla arall, ella y sonia i wrthi amdano wedyn. Ond gen i hawl i gadw 'nghyfrinach fach i mi fy hun am sbelan eto. Duw a ŵyr, fe gadwodd hi 'i chyfrinach fach 'i hun am flynyddoedd cyn yngan gair.

Fy anwybyddu i ddaru hi gan mwyaf. Melanie.

Wela i ddim bai arni mewn gwirionedd. All hi ddim bod yn hawdd i neb, gweld rhyw ddynas ddiarth fatha fi yn gwneud 'i hun yn gartrefol ar yr hen aelwyd. Mi fasa wedi codi pwys arna i weld neb ond Mam yn 'i lordio hi yn fy hen gartra i erstalwm.

Nid 'mod i wedi'i lordio hi heddiw, 'chwaith. O, na, nid o bell ffordd! Wedi dallt y sefyllfa i'r dim. Ond tywallt te i mi fy hun. A mynd i fyny'r grisia i'r tŷ bach heb orfod gofyn yn lle o'dd o'n gyntaf. Petha bach felly sy'n anodd, mwn! Mi fedra i ddallt nad oedd hi'n gwbod yn iawn be i'w ddeud.

Garw peth nad oedd o wedi fy rhybuddio i y basa hi acw, hefyd. Ofni y baswn i wedi cadw draw, mae'n debyg.

Casglu wrth i'r prynhawn fynd yn 'i flaen 'i bod hi a'r plant yn dod draw o Ddeganwy tuag unwaith y mis . . . *i weld sut mae'r hen ddyn yn cadw*, chwedl hithau'n glogyrnaidd. Yr unig dro trwy'r dydd yr anelodd hi i dorri gair â mi yn Gymraeg.

Fe holodd dipyn. Ac fe wnes inna 'ngorau glas i fod yn glên.

Lliw melyn potal yn 'i gwallt hi. Ond tebygu i'w thad oedd hi ar wahân i hynny. Esgyrn da yn fframio'r wyneb. Llyg'id cynnas. Peth digon del. A'r plant 'na'n gredyd iddi, chwara teg. All hi ddim bod yn hawdd cael tri o blant dan chwech o dan ych traed drwy'r dydd.

Wyddoch chi byth sut ymateb gewch chi gan blant. Dyna'r drafferth! *Pum mlynedd yn iau na chi, Mam! Meddyliwch!* Dyna i gyd gesh i gan Manon pa noson pan godish i ddigon o blwc o'r diwedd i ddeud wrthi. Chwerthin afreolus i lawr y ffôn. A rhyw jôc dragwyddol am *toyboys*.

Wn i ddim pam y trodd hi allan i fod mor greulon. Hi oedd y peth anwylaf fuodd erioed pan oedd hi'n hogan fach.

Y Dora fach 'na'n f'atgoffa i ohoni braidd y pnawn 'ma. Finna'n trio helpu honno i wneud jig-sô. Hitha'n cael sterics bob yn awr ac yn y man, wrth i'r dwylo bach 'na wneud 'u gora glas i orfodi amball ddarn i'r lle anghywir. Ond derbyn cael 'i chyfarwyddo, hefyd, chwara teg.

Mi fuo gen i'r ddawn o dawelu plant anystywallt erioed. A dw i'n dal yn argyhoeddedig y baswn i wedi gwneud athrawes dda. Ond waeth imi heb na breuddwydio bellach! Rhy hen i yrfa rŵan, tydw?

Chwith gorfod siarad Saesneg efo Dora fach. Llond pen o Gymraeg chwareli gan 'i thaid o hyd. A hithau'n dysgu mymryn yn yr ysgol yn ôl Melanie. Ond digon prin oedd y dystiolaeth.

Ar 'i wraig o roedd y bai, mae'n debyg . . . mai'r iaith fain sydd flaenaf rhyngo fo a'i blant. Nid 'i fod o wedi'i alw fo'n fai, siŵr dduw! Y fi sy'n dadansoddi, fel arfar!

Un ddi-Gymraeg o ochrau'r Wyddgrug oedd hi. 'I wraig o. Dynas dlos drybeilig o be wela i yn y lluniau.

Yr un aeth bellaf o fro 'i febyd ydy'r mwya rhugl 'i Gymraeg, medda'i dad o ar ôl i deulu Deganwy fadel. Malcolm ydy enw hwnnw os y cofia i'n iawn. Fo ydy'r hyna. Yr un sy'n byw yn Singapore.

Fy gymerodd hydoedd i'r giwed heidio'n ôl i'w

car. Cymaint o deganau a thrugaredde yn dod i ganlyn plant heddiw, yn toes?

Y ddau ohonan ni'n sefyll ar y rhiniog yn disgwyl i Melanie danio'r injan, pan rôth o'i fraich am fy ysgwydd i'n ysgafn . . . yn sydyn fel'na . . . tra oedd yn chwifio ffarwél efo'r llall. A jest fel roedden nhw'n diflannu rownd y gornel, fe anelodd sws at y foch dde 'ma. Yn drwsgl a disymwth. Swta bron. Fel tasa fo'n swil.

Secs! Yn dy oedran di! Be nesa?

Collish i'n limpyn efo hi braidd. Anodd peidio weithiau efo Siw. Fuodd hi erioed ymysg y doethaf. Mi ddylwn fod wedi hen gynefino. Tydw i wedi'i hadnabod hi hyd fy oes?

Nid canlyn ydan ni, ond cymdeithasu, meddwn i wrthi. Doedd dim yn tycio! *Wrth gwrs 'mod i'n sylweddoli 'i fod o'n un o'r dynion cyfoethoca yng Ngwynedd. Ac fe alla i weld â'n llyg'id fy hun fod câs cadw da arno fo. Ond 'y nghwmni i mae o ar 'i ôl, dyna i gyd. Ffrindia 'dan ni. Flin iawn gen i dy siomi di!*

Gorfod troi'n reit bigog yn y diwedd. Deud y gwir plaen wrthi'n ddiflewyn ar dafod. Hi 'dy'r unig ffrind go iawn fu gen i erioed, ond 'rargol, mae hi'n gallu bod yn dreth ar ysbryd! Fe dawodd o'r diwedd.

Trannoeth 'u cyfarfyddiad cynta nhw ddechreuodd hi'i hen lol. Rhyw fis go dda yn ôl, bellach. Galw ar sbec, medde hi. Ond tydw i'n nabod Siw'n rhy dda i hynny? Mor arwynebol â'r 'Dolig. A llawn mor lliwgar.

Dyna pam doedd gan Tom erioed fawr i'w ddeud wrthi. Pen gwag, ceg brysur. Dyna fyddai barn hwnnw arni bob amser.

'Dan ni'n dal dwylo rŵan. Pethwmbreth o dawelwch. A'n llaw i'n cael 'i dal yn dynn yn 'i law o. Teimlo'n reit chwithig ar y dechra. Y galon 'ma'n curo fel gordd. Heb wneud dal dwylo efo neb ers dyddiau Elwyn. Ddim go iawn.

Gafael yn 'i friffces fydda syniad Tom o gydio'n dynn mewn rhywbeth oedd yn agos at 'i galon. Rhwbath i wneud iddo edrych yn bwysig yn well ganddo na dangos i'r byd 'i fod o wedi meddiannu merch.

Ffon yn y blynyddoedd olaf, wrth gwrs. Dal 'i afael yn dynn mewn darn o bren. Y strôc gynta honno wedi mynnu hynny ganddo. Disgwyl i minna fod yn fawr fy nhendans. Ond teimlo 'mod i'n ail i'r ffon fyddwn i gan amlaf.

Rown i wedi meddwl mynd i'r ardd am awr neu ddwy min nos 'ma. Honno hefyd angan tendans, duw a ŵyr! Y lle'n ferw o chwyn ers imi ddechrau'i hesgeuluso. Ond pendroni fan'ma fûm i ers oriau. Hen eiria gwirion Siw yn aros yn y cof. A hi sy'n iawn, wrth gwrs.

Secs! Yn fy oedran i! Be nesa?

Wedi cael fy 'fflytyr' cyntaf heddiw. Dw i'n meddwl mai dyna 'dach chi fod 'i alw fo. Gosod bet ar geffyl. Y tro cynta yn fy myw.

Ma'r dyn 'na s'gynnoch chi'n eich arwain chi ar gyfeiliorn, heriodd Manon. Newydd ddod trwy'r drws oeddwn i. Rhuthro i'w atab am fod yn gas gen i orfod delio efo'r hen beiriant 'na s'ganddi.

Faswn i heb ddeud wrthi 'blaw 'mod i bron torri 'mol isho deud wrth rywun.

Diwrnod o rasio ceffylau yng Nghaer. Diwrnod i'r brenin go iawn. Wel! Tydy o'n nabod digon yn y byd hwnnw? Nabod pawb, mae'n ymddangos i mi. Go brin 'i fod o wedi'i fagu ymhlith byddigions, 'chwaith, yn ôl 'i gyfaddefiad 'i hun. O blith gwerin digon wantan y cododd o, er gwaetha'i gysylltiadau. Mi fydda Mam erstalwm yn arfar deud mai llond trol o garidyms oedd yn byw i fyny yn y topia 'cw lle cafodd o 'i fagu.

Mymryn bach yn ormod o ddiod heddiw, ella. Jinsan neu ddwy yn y bar 'na lle y buon ni'n siarad â phawb rhwng pob râs. A gwin efo swpar ar y ffordd adra. Gwesty bendigedig. Tipyn o steil. Tydy o'n gwbod am y llefydd gorau i gyd? Y gora o bopeth. Dyna 'dy 'i arwyddair o, medda fo.

Fe arbedish i rhag mynd dros ben llestri . . . gobeithio! Atgofion am yr hen bartïon diflas rheini'n hofran ar 'y ngwar i hyd y dydd heddiw. Taflu cysgod tros bob diod gymera i. Fel drychiolaeth.

Tom oedd yn mynnu mynd iddyn nhw. A mynnu

'nhynnu inna i'w ganlyn. Partïon adrannol. Partïon cyfadrannol. Partïon ynghlwm efo rhyw gynadledda tragwyddol oedd yn cael 'u cynnal yn y coleg. Doedd rheini ddim cynddrwg, deud y gwir. Llwyth o wyneba newydd ym mhob un. Gwaed newydd. Cyfla i siarad am rwbath 'blaw Tom a'i waith.

Nid fod gen i fawr yn gyffredin efo'r teips fyddai'n dod i'r rheini 'chwaith a deud y gwir. Rhyw set siwd, Seisnig gan amlaf. Digon joli yn 'u ffordd. Gwahanol. Diolch i dduw am bobl wahanol, ddeuda i!

Ddaru mi erioed sgwennu'r llyfr hwnnw . . . Sut i Osgoi Syrthio i Fagl y Ddiod Gadarn . . . er imi fygwth ganwaith wrth Siw y baswn i'n gwneud un dydd.

Pennod Un: Peidiwch â Phriodi Darlithydd.

Pennod Dau: I fod yn fwy penodol, Peidiwch â Phriodi Tom.

Dyna hi'r gyfrol yn 'i chrynswth. O glawr i glawr. Erioed wedi'i rhoi hi ar ddu a gwyn, wrth gwrs. Ond Siw a fi wedi chwerthin drosti droeon. Fedra i ddim egluro pam. Tydy hi fawr o jôc.

Manon ddôth i f'achub i, rwy'n meddwl. Esgus parod dros gael aros gartre. Tŷ i'w gadw. Merch i'w magu. Dim disgwyl mwyach imi ddilyn sodlau Tom i bob man. Cael gwneud fy nyth yn fan'ma, yn un o faestrefi ebargofiant. Dim mwy o'r mân siarad gwag. Dim peryg wedi hynny imi gymryd yr un gwydryn bach arall yn ormod a gwneud ffŵl ohonof fy hun. Neu'n waeth byth, dwyn gwaradwydd ar Tom.

Tom yn ddiogel, felly. Y ddelwedd o ddyn teulu

wedi dod i liniaru tipyn ar yr oerni. Dim mwy o embaras o du gwraig oedd yn methu dal 'i diod yn gyhoeddus. Finna'n hapus. Yn wraig tŷ fach gartrefol oedd yn fwy na bodlon aros gartref a gwarchod. Fawr o gaffaeliad iddo, mewn gwirionedd. Ond di-fai. Ac felly roedd hi i fod, mae'n rhaid.

Trefn natur, debyg! Mi ddylwn ddallt.

Ac roedd Siw yn iawn yn ôl 'i harfar. Mae rhyw wedi codi'i ben.

Nid y gair, wrth gwrs. Chafodd hwnnw mo'i grybwyll. Sôn am symud petha yn 'u blaen gam neu ddau ddaru o. Heno ddiwetha 'ma. Dros ginio. Gobeithio 'mod i'n teimlo mor daer ag yntau ar y pwnc. Mi fedrwn weld 'i daerineb o yn gwenu arna i yn y llyg'id glas 'na.

Rown i'n llyncu poer am yn ail ag isho chwerthin. Yn nerfa i gyd. Fatha hogan ysgol.

Pam symud cam neu ddau yn unig, feddylish i'n gwbl anllad? Pam ddim trotian yn ein blaenau i drythyllwch? Neu garlamu bendramwnwgl i gyfrinachau'r cnawd? Rwy'n gallu mynd dros ben llestri. Roedd Tom yn iawn.

Yn y diwedd, penderfynu ymatal rhag dweud dim ddaru mi, diolch i'r drefn. Dda ganddo wragedd rhy dafotrydd, mi wn i hynny'n iawn.

Pendroni wedyn tybed sut un fydd o yn y gwely. Methu meddwl am y peth yn iawn. A theimlo'n euog wedyn 'mod i'n bwrw meddwl ffasiwn beth yn y lle cynta.

Ddaru fi ddim oedi i feddwl eiliad cyn cysgu efo Elwyn y tro cynta hwnnw. Fe dynnodd amdano o 'mlaen i. A dyna lle'r oedd o. Yn sefyll yno'n noethlymun. Y peth tlysa welish i erioed. A finna'n bwrw ati i ddilyn fy ngreddfa heb boeni botwm corn.

Rhaid 'mod i'n anghyffredin yn hynny o beth: cael dau ddyn cyn 'mod i'n ugain oed. Dau yn fwy nag y bydda neb wedi'i freuddwydio o edrych arna i. Ac un yn fwy nag oedd gen i hawl iddo, mwn!

Toeddan ni'n nabod 'n gilydd ers pan oeddan ni'n ddim o beth; Elwyn a fi? Arbrofi a chwilmentan fuo'n chwarae ni erioed. Rown i wedi mopio.

Gwbod o'r gora, serch hynny, nad oedd siawns mul yn Grand National y baswn i byth yn 'i briodi fo. Ar wahân i orfod 'i briodi, ella! Roedd hynny'n bosibilrwydd gwirioneddol, erbyn meddwl. Ond toedd o'n giamstar ar dynnu'n ôl mewn pryd?

Doedd o ddim i fod, rywsut. Elwyn a finna'. 'Y mryd i ar fynd i'r coleg. Ynta wrth 'i fodd ynghanol 'i wartheg a'i ŵyn. A ph'run bynnag, ddaru'r gwalch erioed ofyn imi. 'Chafodd y peth erioed mo'i grybwyll, yr holl amser y buon ni'n canlyn . . . Ddim unwaith, hyd y galla i gofio.

Petha'n dilyn yn naturiol. Y naill beth ar ôl y llall. Dyna ddeudodd o. Oeddwn i'n cytuno? Rown i'n dallt yn iawn be oedd ganddo mewn golwg. Ond gwenu'n ôl yn unig ddaru mi. Gwasgu'i law o. A deud dim.

Ardal y Llynnoedd amdani, felly! Rhyw westy

bach moethus y gŵyr o amdano'n iawn. Y lle delfrydol i fwrw swildod, medda fo. A mwy o gerddad, mwn!

Awgrym yn unig, wrth reswm. Doedd o ddim am roi unrhyw bwysau. Ond mae o'n un sy'n hoffi i bawb gytuno â'i awgrymiadau. Mi wn i gymaint â hynny amdano'n barod.

Y ddau ohonan ni'n gwenu fel giât ar 'n gilydd. 'I law o'n gwasgu'n llaw inna yn 'i hôl. Yn dynn a thyner yr un pryd. Un felly ydy o ym mhob dim, erbyn meddwl. 'I afael o'n dynn ac eto'n dyner. 'I lais o'n ddwfn ac addfwyn. Be maen nhw'n galw peth felly, deudwch? Mae yna air. *Oxymoron*. Ia, dyna fo! Duwcs! Y petha fedra i 'u dwyn i gof!

Ôl meddwl ar y diwrnod, toedd? Ôl gofal? A chynllunio? Ar wahân i'r ceffyl hwnnw farwodd ar hannar un o'r rasys . . . a mynd a 'mhumpunt i i'w ganlyn!

'I bumpunt o, go iawn, wrth gwrs. Gorfod cogio mai fi oedd pia' nhw. A chael cadw unrhyw elw. Am imi fwynhau'r wefr heb ddiodda'r colledion, medda fo.

'Dach chi wirioneddol wedi landio ar ych traed tro yma, medda Manon wedyn. Sôn 'run gair na fu 'na unrhyw elwon. Sôn 'run gair am Kendal.

Cadw'r cyffro hwnnw i'r peiriant ateb fydda ora, ella. Haws hynny na diodda mwy o'i miri hi.

Yr union westy ganddo mewn golwg. Yr union benwythnos. Gofalu fod yr union faint o ddiod wedi mynd i lawr 'y nghorn gwddw i cyn dechra crybwyll dim. Yr union adeg iawn o'r dydd i wneud 'i awgrym. A dw i'n falch o hynny, ydw'n tad! 'I barchu fo'n fwy nag erioed am roi cymaint o feddwl i bob dim. Faswn i byth am i'r un dyn 'y nghymryd i ar fympwy.

Nid un ar bymtheg ydw i bellach. Dw i wedi byw.

Llonydd 'dy'r llyn 'cw rŵan. Ar ôl y glaw. Yn enwedig efo'r gola wedi'i ddiffodd drachefn.

Embaras! Cael y perchennog yn 'y nal i fel'na a hithau'n berfeddion. Rhaid 'mod i wedi cochi hyd wreiddiau 'ngwallt.

Methu cysgu, ddeudish i wrtho. Welwn i ddim fod galw arna i i egluro mwy na hynny. A dyna'r gwir, p'run bynnag. Methu cysgu ydw i. Ddim am 'i ddeffro fo.

Mi ddylwn i allu sbio tua'r llyn 'na a gweiddi'i enw fo mewn gorfoledd . . . ond fedra i ddim.

Doeddwn i ddim yn meddwl y basa 'na'r un enaid byw o gwmpas i lawr fan'ma yn y lolfa adeg hon o'r nos. Ond y funud ddaw 'na neb i lawr y grisiau, mae 'na ryw larwm yn canu yn 'stafell wely'r perchnogion yn ôl y sôn.

Meddwl 'mod i'n dechrau drysu fydd o. Dyna mae o'n 'i ddeud wrth 'i wraig y funud 'ma, synnwn i fawr. Yr hen wreigan fach o Gymru yn crwydro yn y nos!

Rhaid fod golwg hen wreigan arna i, erbyn meddwl. Eistadd fan'ma yn y twyllwch. Gŵn nos amdana i. Ac yn rhythu i'r nos. Go brin fod y creadur bach wedi breuddwydio 'mod i newydd gael cyfathrach rywiol am y tro cyntaf ers deng mlynedd a mwy. Ella 'i fod o hefyd! Pobl rhedag gwestai wedi hen ddygymod â phob math o gwafars, siawns gen i!

Mi fûm i'n syllu allan ar y llyn am bum munud dda cyn sylweddoli mai llewyrch y lleuad ar wynab y dŵr 'dy'r gola arian 'cw sydd i'w weld drwy'r coed. Diarth yr olwg ydy o, dyna i gyd. Ond digon o ryfeddod, deud y gwir. Ar ôl i'r llyg'id gael cyfle i gynefino.

Cynefino! Hwnna ydy o, mwn!

Pam gebyst na ddeudodd o rwbath ymlaen llaw? Mae'n bechod na ddaru o. 'Swn i heb ebychu mor uchel wedyn. Disgyblu fy hun i beidio sbio o gwbl.

Nid arno fo mae'r bai. Dw i'n dallt hynny! Ond mae o'n hyll. All neb wadu.

Tasa fo wedi awgrymu inni fynd i nofio rywdro . . . Neu fynd i draeth . . . Mi fasa hynny wedi torri'r garw'n fwy graddol. Tynnu'r sioc o'r datguddiad.

Fatha map bach o Benrhyn Llŷn yn union ydy o! Ar draws 'i fol o.

Cip gesh i, wrth gwrs. Roedd o'n diffodd y gola bach ar y bwrdd wrth yr erchwyn ac yn diosg 'i ŵn gwisgo'r un pryd, wrth ddod ata i i'r gwely. Ac rown i mor hapus tan yr eiliad honno. Dyna 'dy'r fall fwya!

Taith braf yma. Swpar di-fai, er nad oedd arna i fawr o archwaeth. Dau frandi mawr ar y soffa glyd 'na s'gynnon ni yn y llofft. Cusanu. Ac yntau'n mynd i'r stafell molchi i dynnu 'amdano. Mor nerfus â finna, mae'n ymddangos, erbyn iddi ddod yn fater o ddiosg. Tydy o erioed wedi caru efo neb ond 'i wraig, erbyn dallt. Cariadon dyddiau ysgol, medda fo. Wedi priodi'n ifanc.

Deud dim am Elwyn oedd ora, rwy'n meddwl.

Esh i'n swil i gyd, yr ennyd welish i o. A'n stumog i'n troi. Gan g'wilydd. Gan atgasedd. Gan . . .? Wel! Fedra i ddim egluro gan be i gyd.

Yn sydyn, fe fedrwn i weld yr erchyllbeth yna'n rhwbio'n erbyn 'y nghroen wrth inni garu. Ac er fy ngwaetha roedd y syniad yn codi pwys arna i! A ddylia fo ddim, dw i'n gwbod. Ond felly mae!

Gorwadd yno'n llipa ddaru mi. Gadael iddo wneud 'i betha. Yn 'y nghasáu fy hun am fod yn gymaint o jadan. Doedd fiw imi sbio ar 'i gorff o wedyn. Er cymint rown i'n dyheu am wneud. Dw i'n teimlo'n euog, dalltwch! Does dim yn sicrach. Ond ddim mor euog ag y dylwn i deimlo, 'chwaith, rwy'n ofni.

Drud yr olwg ydy'r papur wal 'ma. Hyd yn oed yn y twyllwch, mae o'n teimlo'n ddrud.

Awydd bwyd arna' i rŵan, deud y gwir. Ond cha i'r un briwsonyn bellach tan y bora. Er, o gofio, mae 'na fisgedi yn y llofft. Cwpanau del a thecell bach twt. Digon i ddau gael panad. Rhyw daclau felly ym mhobman heddiw yn ôl y sôn. Heb aros mewn gwesty ers blynyddoedd, dyna'r drafferth.

Porffor oedd 'i liw o. 'I fogail o lle mae Bangor. Ac Aberdaron rywle yng nghyfeiriad 'i forddwyd. Croen

’i gefn o’n lân fel cneuen. Yn llyfn a dibloryn. Dyna’r unig ran ohono fedrwn i’i gyffwrdd.

Rhaid fod ’i wraig wedi hen arfer cysgu efo’r aflwydd. Hithau wedi bod yn briod efo fo am dros ddeng mlynedd ar hugain. Mi fasa hi wedi hen gynefino, siawns! Cymryd y peth yn ganiataol. ’I garu hyd yn oed.

Na, go brin!

’I throedio hi’n ôl i fyny’r grisiau fasa ora, mwn. Sleifio’n ôl rhwng y canfasau. A gobeithio’i fod o’n dal i gysgu’n braf ar ôl bwrw’i flys.

Fu arna i erioed ofn y nos o’r blaen. Ac mae’n dechra pigo glaw drachefn.

Fedrwn i yn fy myw gofio beth i’w wneud wedyn. Peth chwithig iawn i’w ddeud, dwi’n dallt, ond mae o’n wir. Gormod o amsar wedi mynd heibio ers y tro diwetha imi deimlo’n ddiddig yn y ffordd neilltuol yna. Efo dyn. Ar ôl ‘gwneud’, chwedl Tom.

Pob arlliw o lawenydd oedd yn ’y nghroen i’n crebachu rywsut dan y grofen biws ’na. Cysgod honno dros bob dim.

Peint cyn . . . a smôc wedyn! Dyna fydda athroniaeth Elwyn erstalwm. Un fraich am f’ysgwydda’ i a’r llall yn rhydd i ddal ’i ffag. Fatha carwr go iawn. Mewn ffilm Ffrengig. ’I ên o’n crafu. A’i groen o’n lân.

Ond neithiwr, fedrwn i wneud dim ond gorwedd yno fatha styllan. Yn fodlon ac yn byg ’run pryd. Hyd yn oed ar ôl llithro'n ôl nesa ato fo a llochesu yng nghysgod 'i gefn, rown i'n teimlo'n amddifad braidd.

Ddaru o sylwi arna i'n rhewi pan dynnodd o'r gŵn gwisgo 'na'n rhydd o gylch 'i wregys? Wn i ddim. 'Run gair wedi'i ddeud.

Hoffi Grange Over Sands y bore 'ma! Wel! Fawr ddim byd yno, 'taswn i'n onast. 'Mochel rhag y glaw. Mudandod.

'Swn i wedi dewis Dove Cottage fel cyrchfan o'm rhan fy hun, ond pan grybwyllish i hynny mi fedrwn weld nad oedd Wordsworth yn golygu dim iddo. Dyn bach diddiwylliant braidd, mae arna i ofn. Llinach rhyw feirch Gwyddelig oedd 'i sgwrs o dros frecwast. Finna ar lwgu erbyn hynny ac yn cogio diddordeb wrth ganolbwyntio ar y cnoi.

Y tost yn dal yn gynnas. Marmaled cartra. Arwydd o westy da bob amsar.

Tydw i ddim yn onast. Dyna'r drwg. Nac yn ddewr 'chwaith o ran hynny. Neu mi faswn wedi deud rhwbath ers meitin. Mae ganddo fan geni mawr piws ar draws 'i fol. Wel! Be am hynny? Nid arno fo ma'r bai, siŵr dduw! Tydw i'n gwbod hynny'n iawn!

Y fi sy'n hyll am fynnu meddwl mai dyna nodwedd fwya cofiadwy'r noson.

Hen gnawes fûm i erioed, mwn! Yn 'cau cefnogi Tom fel y dylwn i. 'I ddangos o i fyny o flaen 'i gydweithwyr. Gelyniaethu Manon fel y gwnesh i.

Rwy'n rhy lawdrwm efo fi fy hun o beth hannar. Dyna ddeudodd o. Yn uchel fel'na. Fel 'tasen ni ar ganol sgwrs go iawn. A minnau heb yngan gair. Fe siaradodd â mi'n union fel 'tasa fo'n darllen y meddylia oedd yn troi yn 'y mhen i'r munud hwnnw.

Tydw i ddim yn gwerthfawrogi mor ddedwydd fydd o yn 'y nghwmni i, medda fo . . . Cymaint o feddwl s'gynno fo ohona i . . . Cymaint oedd neithiwr yn 'i olygu iddo.

Cynnal post mortem oedd o. Ceisio gweld pam nad oedd 'i noson fach o nwyd wedi mynd efo'r wmff disgwyliedig. Fo'i hun oedd y crwner. A 'mherfformiad siomedig i oedd y corff ar y llechan.

Rown i'n dallt 'i fod o'n cynnig cyfle imi siarad. Ond doedd dim yn tycio. Y cyfan wnesh i oedd gofyn gaen ni ddod yn ôl fa'ma i'r gwesty yn fuan. Cogio mymryn o ryndod.

Rhyw hen wraig wargam ddôth â'r hambwrdd 'ma i fyny i'r ystafell imi. Finna'n eistadd fan'cw fel brenhinas yn disgwyl am 'i the prynhawn.

Mae'n goblyn o drom, wyddoch chi? Yr hambwrdd 'na. *Teak*. Neu fahogani, ella. Wn i ddim. Fûm i erioed yn dda am nabod coed a ballu.

'Sach chi'n meddwl y basa'n dda gan rywun ifanc joban fel'na. Ardal wledig. Diweithdra uchel. Ond rhy falch i ddim 'dy'r ifanc heddiw.

Yr hen fyddan nhw'n 'i ddenu yma, gan mwya, hyd y gwela i. 'Dan ni ymysg yr ienga. Finna wedi disgwyl llond lle o siwmperi gwlân a thrwsusa melfaréd. Ond ma' fan'ma'n rhy ddrud i'r giang fynydda, debyg. Y prisia'n ddigon i gyfeirio'r rheini at westai efo carpedi llai drud dan draed. Digon doeth, deud gwir!

Pawb yn gorfod derbyn 'i lefal yn yr hen fyd 'ma yn diwadd, tydy?

Y dyn llefrith llywa'th 'na wedi gadael potal y bore 'ma, er 'mod i'n cofio'n iawn imi adael nodyn iddo. Honno wedi hen droi ar y rhiniog.

Y fo daflodd y peint i lawr y sinc. I f'arbed i, medda fo. Tybio fod 'y nhrwyn i mor sensitif â'n llyg'id i, mae'n rhaid. Fe dywalltodd ddigon o ddŵr berwedig ar 'i ôl hi i foddi cath.

Mae'r swigod sebon fuo'n cydorwedd efo fi yn fa'ma wedi diflannu ers meitin. Y dŵr yn dechra oeri.

Minna fa'ma'n paldaruo i mi fy hun. Rheitiach imi godi a meddwl am glwydo, deud y gwir. Ond rown i'n dyheu am y cysur. A dw i'n gyndyn o'i adael o rŵan 'mod i yma.

Gesh i lond dwy ffroen o'i *aftershave* o wrth sefyll fan'no yn 'i ymyl ger y sinc. Doeddwn i heb sylwi arno yn y car wrth deithio'n ôl. Wn i'm pam. Rhyw awel wedi digwydd dod drwy ffenast y gegin, mae'n rhaid. O'r union gyfeiriad iawn. Ar yr union eiliad iawn. Be wn i be 'dy'r eglurhad gwyddonol am beth felly?

Roedd o'n ofalus iawn ohona i, yn 'i ffordd. Dw i'n derbyn hynny. Ond balch 'dy o 'nte? Rhy falch i dynnu sylw at 'i wendida'i hun. A finna'n rhy lwfr.

Rown i'n licio'i wynt o'n iawn.

Ond gwneud yn siŵr fod y maldod mwya'n cael 'i gadw iddo fo'i hun fydd o, hefyd, er gwaetha'r tendans s'gynno fo ar gyfer pobl er'ill. Y mymryn bach amheuthun yna o blesar wedi'i gadw'n ôl ar 'i gyfar fo'i hun. Rhywbeth na phrofish i mohono o'r blaen.

Gwahanol, debyg, ydy'r gair! Gwahanol iawn i Tom, bid siŵr! Hwnnw 'mhell o fod yn ddi-glem yn y cyfeiriad hwnnw . . . tra parodd 'i ddiddordab o.

Gwahanol ydyn nhw i gyd, decyn i? Wn i ddim pam fod hynny'n syndod imi. Rhaid fod pob dyn dan haul rywfaint yn wahanol wrth 'i betha. Mi fasa angan cysgu efo pob copa walltog ohonyn nhw i ddallt y dalltings i gyd.

Finna wedi'i gadael hi braidd yn hwyr i hynny!

Siawns nad ydy o yn 'i wely'n barod. Toedd y gawod 'na yn y gwesty'n ddigon iddo fo? I mewn iddi – ac allan drachefn efo'r tywel mawr 'na o gylch 'i ganol. Yn uchel o gylch 'i ganol. Bron i fyny at 'i frest. Fel tasa fo'n poeni'r un iot.

Finna wedi arfar loetran wrth ymolchi. A chymryd bàth cyn cysgu.

Mae o'n cysgu'n dawel eisoes, mwn. Oria' o yrru, chwara teg. Mi fydd wedi blino. Yr hen beth hyll 'na ar 'i fol o'r munud 'ma. Fel y buodd o drwy'i oes. A fynta wedi gorfod dysgu byw efo fo. A dyna ddiwedd arni!

Rown i'n llawn fwriadu gwneud golch cyn mynd i 'ngwely. Rhoi'r dillad budron oll yn y peiriant a gadael iddo wneud 'i waith dros nos. Ond dod adref a darganfod nad oedd gen i fymryn o bowdwr golchi yn y tŷ. Fyddwn i byth yn rhedeg allan o ddim pan oedd Tom yn fyw. Doedd fiw imi, nagoedd?

Ydy 'nghroen i'n edrach yn fwy crychiog nag arfar heno, deudwch, neu fi sy'n dechra drysu? Oedran, mwn! A'r gorwedd gwlyb 'ma. Finna'n methu teimlo'n gwbl lân. Ar fy nghrogi! I lawr yn fan'ma mae hi waetha arna i. Ar y graith. Lle bu'i gorff o'n gorwedd. Echnos. A neithiwr eto fyth.

Ella na ddo' i byth i deimlo'n gwbl lân eto; ddim byth tra bydda i byw. A fedra i fwrw 'mol wrth neb.

Swpar di-fai, chwara teg. Wel! Un dda yn y gegin fuodd Siw erioed. Dawn naturiol ganddi, ddeudwn i. Er iddi dalu am un o'r cyrsia *cordon bleu* 'na rai blynyddoedd yn ôl. Gwastraff llwyr o brês. Mi ddeudish i wrthi ar y pryd. Ond dyna fo, mae ganddi gymaint, rhaid 'i bod hi'n teimlo'r angan i gael gwared ar beth ohono bob yn awr ac yn y man.

Chwadan mewn saws ceirios oedd y prif gwrs. Digon o ryfeddod. Er mai'r corgimwch ac ysgawen aeth â'i fryd o. Y cwrs cyntaf. Chwerthin mawr dros yr enwa. Siw'n dal 'i thir a mynnu defnyddio'r enwa Cymraeg, chwara teg iddi. Gwneud yr un fath yn gynharach yn y noson wrth 'i dywys o o gwmpas yr ardd. Nabod pob dim wrth 'i enw. Wyddwn i ddim o'r blaen fod ganddo ddiddordeb mewn bloda. Yr ardd o gwmpas 'i dŷ 'i hun yn 'nialwch pur!

’I wraig fydda’n arfar cymryd diléit yn honno, oedd ’i atab o i hynny. A hynny yn ’i dro yn ddigon i roi taw arna i, yn toedd?

Un glên ’dy hi yn y bon, yr hen Siw! Hitha’n dal i wenu er cael amball ergyd go egr mewn bywyd.

Y Weddw Lon fydda i’n ’i galw hi weithia, pan fydd ’i herian hi wedi cael y gora arna’ i. Ond tydy hi ddim, wrth gwrs. Yn weddw. Mynd â’i gadael hi ddaru Trefor. A’r byngalo ’na a’r llyfr siec oedd yr unig betha lwyddodd hi i ddal ’i gafael ynddyn nhw yn y sgarmes gyfreithiol a ddilynodd. Bargen dda, o’r hyn gofia i am Trefor!

Ers iddi ffonio a’n gwadd ni draw, dw i wedi bo’n ama’i chymhellion hi braidd. Dal i ama’ heno wrth ’i gweld hi’n glafoerio trosto wrth dywallt mwy o win i’w wydryn. Ond ’i sgwrs hi’n baragon o barchusrwydd, ma’n rhaid cyfadda. Y Siw soffistigedig yn cael cyfla i serennu yn ’i holl ogoniant heno. Yr un ddeallus, chwaethus y mae hi’n hoffi cogio yw hanfod y Siw go iawn. ’Blaw ’mod i’n gwybod yn well.

Gwleidyddiaeth a gwinoedd a siarad gwag yn un llifeiriant handi ganddi trwy’r min nos. Digon o sioe, deud y gwir. Eiddigeddus ydw i, mwn. Pwy na fasa o huotledd felly?

Ac ma’r ddau o anian debyg. Hynny hefyd yn dipyn o ofid. Wedi codi o’r un lle, hyd y gwela i. Gwaelod y domen! Dyna fan geni’r ddau. A chodi oddi yno fu uchelgais fawr bywydau’r ddau. Gwneud celc o bres ar hyd y ffordd, os gwelwch chi’n dda!

Ella y dylwn i encilio a gadael iddyn nhw!

Ond dw i am 'i gadw fo i fi fy hun yr un pryd. A fedra i ddim egluro pam yn union. Tydw i ddim mewn cariad, mi wn i hynny'n iawn. Tydw i ddim hyd yn oed dros 'y mhen a 'nghlustiau mewn trythyllwch efo'r dyn. Dos o chwilfrydedd, ella? Rhyw gyneddf wyrdroedig na wyddwn i amdani o'r blaen yn 'y nhynnu i'n ôl at yr erchyllbeth 'na ar 'i fol o. Ofn cyffwrdd. Methu gadael llonydd. Fel briw go iawn.

Yfish i ormod heno. Heb feddwi digon, 'chwaith. Gadael i'r ddau ohonyn nhw dynnu sgwrs, gan mwya'. A finna'n ista fan'na'n dawel. Yn sipian. A delwi.

Rhyw felltith ryfadd arnan ni'n dau, mae'n rhaid. Wedi'n tynghedu byth i gysgu efo'n gilydd adra. Chysgodd o erioed acw. Na finna 'rioed yn 'i dŷ fo. A chrybwyllodd y naill na'r llall ohonan ni air am y peth erioed, er 'i bod hi'n anodd credu nad ydy ynta hefyd yn gweld y peth yn chwithig.

Chwe mis o gyboli efo'n gilydd. A'r canfasa cartra erioed wedi'u cynhesu gynnon ni.

Bu bron imi sôn am y peth yn y car wrth yrru i lawr heddiw. Ond penderfynu yn y diwadd taw pia' hi.

Amball wythnos gron yn mynd heibio pan na chlywa i air oddi wrtho. Ac yna mi ffonith yn ddisymwth. Tocynnau i weld rwbath neu gilydd wedi dod i'w feddiant o. Trwy hud a lledrith, mae'n ymddangos. Neu chwant mynd i ymweld â rhywle arno. Ydw i am ddod? Wel, ydw, siŵr!

Ella nad perthynas s'gynnon ni o gwbl. Ella mai dim ond ateb galw ydw i. Ateb gofynion pobl er'ill wnesh i ar hyd f'oes.

Gwely gwesty heno, eto fyth. I'w glywad yn ddigon cysurus wrth imi eistadd arno fa'ma! Wel, mi ddyla fod! Prin wedi gorffan 'i godi o ma'r gwesty. Dw i'n ama ydy'r concrit wedi c'ledu'n iawn ym mhobman. Newid byd o'r plasty bach hwnnw yn Cumbria. Offer te a choffi yn fa'ma'r un fath. A theledu Sky. Ama dim nad dyma'r tro cynta imi weld dim ar hwnnw. Mi dalodd Siw amdano rywdro, os y cofia i'n iawn. Rhaid i honno gael y diweddaraf o bob dim. Ond chlywish i erioed moni'n sôn am wylio dim arno.

'I syniad o oedd aros mewn gwesty. Cadw'n niwtral, chwedl yntau. Manon wedi'n gwadd ni'n dau i aros acw, chwara teg. Ond mi fydda hynny wedi bod yn rhy debyg i gysgu gartra, decyn i?

Neu ella mai meddwl amdana i roedd o. Arbed embaras imi.

Rown i'n synnu braidd 'i fod o am ddod efo fi o gwbl. Dim ond rhyw hannar sôn wrth basio wnesh i. Down i ddim am roi pwysau arno . . . ond down i 'chwaith ddim am iddo weld chwith o glywed wedyn 'mod i wedi bod a fynta heb gael gwadd.

Ond chwip o syniad, medda fo. Esgus da i ddod i weld y lle pêl-droed newydd 'na. Reit *keen* ar rygbi, mae'n ymddangos. Er na chlywish i'r un gair am hynny cynt.

'Wel! O'r hyn glywish i, mae 'na rwbath newydd yn mynd i fyny drwy'r amsar yng Nghaerdydd 'na!' oedd sylw Siw pan alwodd hi'r bore o'r blaen. Y glafoerio amrwd arferol yn 'i llais hi. Finna'n gwneud 'y ngora i'w anwybyddu, fel arfer. Dyna'r unig beth i'w wneud pan eith hi i hwylia felly. Mi ddôth at 'i choed ymhen hir a hwyr. Cymryd Fig Roll arall oddi ar y plât a gofyn gâi hi ail baned o goffi.

Sylweddoli'n sydyn na fûm i 'rioed yn ffrindia efo hi am 'y mod i'n 'i hoffi hi go iawn. Mwy i'w wneud efo'r ffaith 'mod i'n medru bod yn fi fy hun yn 'i chwmni hi.

Wedi mynd i weld y Stadiwm mae o rŵan. Fedar neb 'i fethu fo a deud y gwir. Finna heb fod yng Nghaerdydd ers blynyddoedd. Y lle wedi newid. Siw yn iawn.

Croeso ichi ddod â'r toyboy efo chi. Dyna ddeudodd hi. Yn ddidaro felly ar ddiwedd y gwahoddiad. Finna'n dal mewn sioc o gael y gwahoddiad yn y lle cynta.

Hen ieithwedd egr s'gyn y to ifanc heddiw. Manon cynddrwg â neb, mae'n ymddangos. Lle ddysgodd hi rhyw fratiaith felly, 'sgwn i? Nid gen i. Na chan 'i thad, ma' hynny'n ddigon siŵr. Lledneisrwydd lleferydd Tom yn ddiarhebol. Un ddarlithfa fawr oedd sgwrs iddo, waeth efo pwy oedd o'n siarad. Ar 'i aelwyd fel yn 'i dipyn adran.

Sylweddoli'n sydyn, 'rôl rhoi'r ffôn i lawr, cymaint ffŵl rown i wedi bod. Y *toyboy*, siŵr dduw! Dyna pam roedd arni cymaint chwant 'y ngweld i adeg 'y mhen-blwydd eleni. Mi ddylwn fod wedi tycio'n syth.

Cerdyn yn unig dwi'n 'i gael ganddi fel arfer. Un o'r petha Cyfres Eryri 'na, neu rwbath tebyg. Dim byd rhy gyffrous.

Croeso imi ddod â'r *toyboy* efo fi, wir! Chwilfrydedd oedd ar waith ym meddwl y gnawes. Nid cariad tuag at 'i mam wrth ddathlu bod yn ddwy a thrigain oed.

Mynd draw acw toc. Gyntad ddaw o'n ôl o'i gerddad. Mi wn i mai fory mae'n ben-blwydd arna i, mewn gwirionedd, ond heno sy'n gyfleus i Manon, mae'n ymddangos.

Finna wedi awgrymu inni fynd allan am bryd efo'n gilydd. Ond hitha'n mynnu 'mod i'n mynd rown i'r tŷ. Tŷ Sandra a hitha.

Man gwan arall fedra i byth mo'i gyffwrdd yn gyfforddus.

Dw i'n iawn, deud y gwir! Dim ond imi beidio hel meddylia 'nghylch y peth. Ond un arw fûm i 'rioed am hel meddylia. Dyna'r drafferth!

Wn i ddim faint gwell ydw i o fagu'r llaw 'ma fel 'tawn i wedi bod mewn cysylltiad â gwahanglwyf! Fedra i newid dim. A dyna fo!

Wedi rhoi'i fryd ar brynu broetsh imi mae o heddiw, medda fo. Ar fadael am y siopa oeddan ni pan ddôth yr alwad ’na gan ’i fab. Dim byd ’matar yn ôl be ddalltish i. Dyna pam adewish i o yn y llofft i drafod busnes a dod lawr fa’ma i’r cyntedd i aros amdano.

Troi ato fo am gyngor mae’r plant ’na bob cyfla gân nhw. Gwahanol iawn ’i ffordd fydd Manon efo fi.

Anrheg pen-blwydd ydy hi i fod. Y froetsh. Tebycach i anrheg ffarwél ar ôl neithiwr. Finna’n gwneud smonach o deimladau’r cradur unwaith eto. Mudandod mawr dros frecwast.

Ond doeddwn i ddim wedi’i ddisgwyl o, dyna’r drafferth. Y siampaen ’na wedi mynd i ’mhen i. Minna wedi blino.

Powlen o salad a phentwr o bizzas. Dyna’r arlwy neithiwr. Dyn mewn lledr du yn dod â’r cyfan at y drws ar gefn motobeic. Digon derbyniol, am wn i.

’Sgen i fawr o gof cael teisen ar ’y mhen-blwydd erioed o’r blaen. Ddim hyd yn oed pan own i’n hogan fach. Ddim teisan siop, p’run bynnag. Diffyg traddodiad o ryw sbloet felly yn y broydd acw, hyd y galla i gofio. Nid diffyg modd oedd i gyfri, dw i bron yn siŵr o hynny. Dim ond ar ddwy chwaral a chlwstwr o ffermydd roeddan ni i gyd yn byw, dwi’n gwbod, ond doedd neb yn wirioneddol dlawd. Ddim hyd y galla i gofio.

Canhwylla a phob dim. Neithiwr. Ar y tipyn deisan ’na. Chwech ohonyn nhw. A disgwyl i mi’u diffodd nhw fel ’tawn i’n hogan fach.

O Marks neu rywla felly ddôth hi, mwn. Gesh i

sgowt o gwmpas y gegin i weld ddown i o hyd i'r bocs. Ond methu wnesh i.

Rown i wedi anghofio cymaint o lanast s'gynnyn nhw yn y tŷ 'na. Hydoedd ers imi fod i lawr ddiwethaf.

Sandra'n mynd i'w gwaith bob dydd ar gefn beic erbyn hyn, medda hi.

Mi alla i weld fod hynny'n glodwiw iawn o ran yr amgylchedd, ond oes raid iddi'i gadw fo yn y cyntedd? Toedd yno ddim lle i droi o'r blaen.

Mi ddaru fi feddwl am ddianc. O ddifri. Tynnu'r llaw 'ma'n rhydd a gwthio'n ffordd o'r gwely. Ond i lle awn i? Doedd gen i nunlle i droi.

Pum munud arall a mi faswn i wedi bod yn cysgu'n braf. Ond fe wyddwn i'n syth bìn be oedd ar droed. 'I law o'n ymlwybro'n ara dros 'y nghoban i. Y gafael. Yr hebrwng. Finna'n gwbod 'i bod hi'n ofer trio tynnu'r llaw yn ôl. Toedd hi yn 'i afael o go iawn?

Roedd o'n bendant ac yn ddamweiniol bron . . . y ddau 'run pryd. Y gafael hwnnw. A dim ond llyfnder y croen ar y cledr. Yn gynnas a llyfn. Fel gweddill y bol. Fel 'tasa fo'n deud *Yli, tydy o'n teimlo fel dim* wrtha i. *Yn y twyllwch, tydy o'n ddim. Mi wn i dy deimlada di. A thydy o'n ddim.*

Rhewi wnesh i. 'Run ohonan ni'n deud dim. Ei afael o'n dynn. Heb frifo na gwasgu. Jest tyn. Fel tasa hi'n rhyw weithred fach o dynerwch difeddwl bron, rhwng dau gariad sydd ar fin syrthio i gysgu ym modlondeb ei gilydd.

Wn i ddim pryd lwyddish i i gael fy llaw yn ôl. Ond toedd hi ddim yno bora 'ma pan ddeffrish i. Erbyn hynny, roedd hi'n swatio'n gysurus o dan y gobennydd ar f'ochr i o'r gwely. A chaiff hi byth gyffwrdd â'r bol noeth 'na eto. Ddim o'i gwirfodd.

Rhaid imi gofio eillio'r coesa 'ma pan a' i'n ôl i'r tŷ . . . imi gael edrach 'y ngora pnawn 'ma.

'Sa Siw'n fwy na pharod imi ddefnyddio unrhyw un o'r tacla 'na s'ganddi hi yn 'i chwpwrdd, mi wn i'n iawn, ond aros wna i.

Llond shilffoedd o stwff gan Siw yn y tŷ bach 'na. Digon i godi cwilydd ar amball gangen fach o Boots. Yr *ammunition*, chwedl hitha. Meddwl mai rhywbeth i frwydro'n 'i erbyn 'dy mynd yn hŷn. Dyna Siw ichi!

Fe gynigiodd hi dalu am gwrs HRT i mi rai blynyddoedd yn ôl. 'I feddwl o'n dda, chwara' teg, ond gwrthod wnesh i. A fi ddaru ddod o hyd i ddyn, wedi'r cwbl, nid hi.

Chafodd hi 'rioed fawr o lwc yn y cyfeiriad hwnnw.

Na finna 'chwaith, erbyn meddwl.

Siw wedi bod yn graig, chwara teg iddi. Dros y tri mis diwetha 'ma. Ers i betha ddod i ben. Dim jôcs gwirion. Dim holi haerllug.

O! Fe ddaru hi drio'i gora neithiwr, tydw i ddim yn deud llai. I be arall oedd yr holl *gin* 'na'n da? Mi fedrwn weld drwy hwnnw fel dŵr. Un o'i thactegau llai cynnil hi o ddod at y gwir. Ond chafodd hi wybod fawr.

Rown i wedi yfad gormod i yrru, mae'n wir, ond wrth 'y mhetha'n reit gysact ym mhob dim arall.

Meddwl mai'r rhyw oedd y drwg yn y caws fydd hi, dwi'n dallt yn iawn. Naill ai roedd o'n un go giami yn y gwely. Neu roedd o mor gocwyllt o egnïol fe brofodd y cyfan yn ormod imi. Dyna fydd hi wedi'i ddamcaniaethu yn y sgubor wag 'na s'ganddi'n ben.

Siw druan! Finna'n 'i nabod hi mor dda! A heb grybwyll gair wrthi am y fagl go iawn fuodd rhyngo fi a fo.

Mi stopiodd hitha awgrymu ella y ffonith o 'fory nesa o'r diwedd. Diolch i'r drefn.

Fydd 'na ddim fory nesa, na fydd? Dwi wedi dallt.

Dw i'n meddwl imi ddallt hynny y diwrnod hwnnw yrron ni'n ôl o Gaerdydd. Aros ym Machynlleth am ginio. Wel! Paned a brechdan gawson ni mewn gwirionedd. Finna'n mynd trwy 'mhetha' am y Senedd-dy a sylweddoli'n sydyn nad oedd o'n talu iot o sylw. Rown i'n nabod yr arwyddion yn iawn. Dyn wedi colli diddordeb. Byw efo Tom fel gwneud astudiaeth oes o'r pwnc.

Ffiasgo'r llaw 'ma'n cael 'i thywys ar draws y bol noeth. Dyna roes yr ergyd farwol, o'm rhan i. Noswyl 'y mhen-blwydd i. Sut fedrwn i anghofio? Fynta wedi oedi un orig anobeithiol yn ormod ar ôl bwrw'i had. Toeddwn i newydd gael ffrwyth 'i ollyngdod o? Pam na fedrwn i dalu'r gymwynas yn ôl? Dim ond geiria' oedd y dyn yn 'u disgwyl gen i. Toedd o'n crefu am gael 'y nghywed i'n deud nad oedd mymryn o bwys gen i am yr hen beth gwirion. Un gair bach o gysur, dyna'i gyd. Ond ddôth 'run sill.

Dal i ddisgwyl gen i trannoeth wedyn. Disgwyl imi ddeud fod pob dim yn iawn . . . Ysu imi dorri'r garw . . . Deud *O! 'Na fo 'ta! Dw i wedi dod yn gyfarwydd â'r hen aflwydd 'na ar dy fol di erbyn hyn. Pob dim yn iawn!*

Ond ar 'y nghrogi, fedrwn i ddim. Fedrwn i byth.

Gwyngalchu'r gwir fydda hynny. A fedrwn i ddim. A dyna fo.

Hen hanes mwyach, tydy? Hen hanes mud. Tri mis o dawelwch. A minna'n 'difaru dim.

Hanes 'i fab o yn yr *Herald* y diwrnod o'r blaen. Siw sylwodd. Wedi'i benodi i ryw swydd bwysig efo'r Bwrdd Datblygu neu rwbath tebyg. Dychwelyd i Wynedd o Singapore. Y Mab Darogan yn dychwelyd i'w deyrnas. O leia mi geith gyfle i arfer tipyn ar 'i Gymraeg . . . 'tai o'n ddim byd amgenach na gwneud cyfweliadau i'r cyfryngau. Mi ddangosith iddo fod iaith 'i dad werth rhwbath yn yr hen fyd 'ma.

'Run ffunud â'i dad, ym marn Siw. Ond tydy o ddim. Toeddwn i'n arfar gweld digonedd o lunia' ohono fo o gwmpas tŷ 'i dad? Ac mi ddylwn i wybod.

Faint rhagor fydd hi deudwch? Picio i'r siop i nôl llefrith ddeudodd hi. 'I bai hi am fod mor ddi-lun â rhedag allan yn y lle cynta, ddeuda i. Ac mae wedi bod hannar awr dda'n barod.

Torri gair efo rhywun fydd hi, debyg. Un o'r Saeson digwilydd 'na sy'n rhemp o gwmpas y lle. Wn i'm pam mae hi'n cyboli cymaint efo nhw, wir! Cymdogion ai peidio, mi fasa'n well gen i'u lle nhw na'u cwmni nhw.

Y fi ddaru'i gwneud hi'n brin o lefrith, erbyn meddwl. Aros dros nos yn ddirybudd fel hyn. Doeddwn i heb fwriadu.

Lle ma' 'mag i, deudwch? Imi gael rhoi crib trwy'r gwallt 'ma a thwrio am y 'goriada. O, dacw fo! Draw fan'cw ar y bwrdd. A'r drych 'ma uwch 'i ben o yn dal yn gelwydd i gyd. Does posib 'mod i'n edrych cynddrwg â hynny?

Mymryn o finlliw a phowdwr pan gyrhaedda i adre . . . 'rôl cael socian ennyd yn y bàth i ddechra. A duwcs, mi fydda i'n iawn, siŵr!

Tri o'r gloch maen nhw am imi fod yno. Gen i bedair awr a mwy i gael fy hun yn barod.

Gwobr Goffa Tom. Seremoni fach brynhawn 'ma. A fi yn gwneud y cyflwyniad.

Y rhyfeddod barfog gafodd y gadair ar ôl Tom yn ffwndro i wneud ffws ohona i, er na fedr o gofio'n enw i'n iawn o un flwyddyn i'r llall. A rhyw fyfyriwr llywa'th arall yn mynd i gael pres i dreulio dwy flynedd o'i oes yn gwneud gwaith ymchwil ar ryw bwnc neu'i gilydd na fydd byth bythoedd o unrhyw les i ddynoliaeth. Ond dyna fo! Be wnewch chi? Gorfod ysgwyd llaw â fi yn rhan o'r fargen i'r creadur, pwy bynnag ydy o.

Ysgwyd llaw ydy'r unig gyswllt corfforol dwi'n ffit iddo bellach.

Y siwt las 'na fydd amdana i eto eleni. Ond go brin y bydd neb yn sylwi. Te gwerth chweil i ddilyn fel arfer. Arlwywyr allanol y llynedd, os y cofia i'n iawn. Anrhydeddus iawn, chwara teg.

A dw i'n falch fod Siw'n cytuno â mi fod y froetsh 'na'n mynd i edrych yn wych efo'r siwt. Wedi'r cwbl, dw i am greu argraff dda, yn tydw?

Fiw imi adael Tom i lawr.

Na, doedd o ddim yno! Gwirion oeddwn i yntê? I feddwl y gallasai hanes ei ailadrodd 'i hun fel'na. Finna'n dal yr un bŷs yn union. A hwnnw'n dilyn yr un llwybr yn union â'r llynedd.

Mae'n Sul y Blodau fory a minna'n meddwl yn siŵr y basa fo'n mynd drachefn eleni . . . i ddathlu unwaith eto.

Doedd o heb fod o 'mlaen i. Mi fûm i'n ddigon haerllug â mynd draw at fedd 'i wraig i sbio.

Na, tydw i ddim yn 'difaru. Ddim mewn gwirionedd. Gweld colli cyngherddau achlysurol ac amball drip i'r theatr, mae'n wir. A heb fod am dro ers wythnosau. Ond twt! Mi fydd 'na fwy na digon i'w wneud yn yr ardd cyn dim. Ac mae Siw yn ôl a blaen yn gyson.

Mi fydd o wedi dod o hyd i ryw gyfeilles newydd ers meityn, yn ôl honno. *Fedar dyn fel fo ddim byw heb gwmpeini am yn hir. Dw i'n nabod 'i siort o'n iawn!* Tydy hi ddim yn gyfarwydd â'i siort o o gwbl. Ond ella 'i bod hi'n iawn am unwaith.

Wel! Paid â meddwl 'i fod o'n fêl i gyd, atebish inna. Yn un peth, un di-glem iawn oedd o efo cyllyll a ffyrc es inna 'mlaen i ymhelaethu . . . am ddyn oedd yn licio meddwl 'i fod o'n cymysgu efo rhyw bobl fawr.

Nid table manners 'dy popeth, gesh i'n ôl gan Siw.

Ond 'hysbys y dengys y dyn . . .' serch hynny, feddylish inna. Heb yngan gair. Ofer fasa ymhelaethu ar y pwynt gyda Siw o bawb.

Rown i ar fin 'i throi hi'n ôl am yr arosfan, pan ddôth rhyw chwiw ryfadd trosta i. A dyma fi'n cymryd un o'r bloda rown i newydd 'u gosod mor ddel yn y pot a mynd â fo at 'i bedd hi. A'i adael o yno, yn gorwedd ar draws y ffiol flodau yn y twll. Rhag ofn iddo ddod yn ddiweddarach yn y dydd. A chofio.

Dyna pam dw i'n eistadd fa'ma'n hel meddylia unwaith eto heno.

Ond chanodd mo'r hen ffôn 'ma byth!

CENEDL ENW

neu Ddiwedd y Garwriaeth
neu W! Am Enw Od!

Yr hyn ddaeth i'r fei o flaen eu llygaid oedd llythrennau mawr Gothig. Wedi eu cerfio'n anghelfydd ac yn gorwedd yno braidd ar gam, petaen nhw ond wedi talu sylw'n iawn.

'Gwachul Chweiniog ap Mathafarn Gor-wych.'

Dyna'r geiriau ddatgelwyd ar y llechen, wedi i'r pridd mwdlyd gael ei sgubo ymaith. Aethai ymdrech Ethel i gyd ar ddarllen y geiriau'n uchel. Er nad oedd ei hynganiad yn berffaith, doedd e ddim yn ffôl. A theimlai fod y canolbwyntio cyfyng wedi talu ar ei ganfed.

'Gwachul Chweiniog ap Mathafarn Gor-wych!'

Ailadroddodd y geiriau i danlinellu'r gamp. Roedd ei brwdfrydedd yn ddi-ball.

'Nawr, 'na beth wy'n galw'n enw!' barnodd. Fe wyddai Ethel yn iawn am enwau. Onid oedd hi wedi gorfod dygymod byw â diawl o un ei hun? Ethel. Bu'n ei gario fel maen melin o gylch ei gwddf gydol ei hoes. Trwy grechwen plant. Ac anghrediniaeth oedolion. Sori! be ddwetsoch chi? O! Ethel. Rwy'n gweld. Wrth gwrs.

Rhaid mai hi oedd y ferch olaf yn y byd i gyd yn grwn i gael yr enw hwnnw. Dros y blynyddoedd, doedd hi erioed wedi dod ar draws neb iau na hi ei hun yn cario'r groes arbennig honno. A chlywodd hi erioed sôn am yr un Ethel arall ymysg ei chyfoedion, 'chwaith. Oedd hynny wedi bod yn gysur iddi wrth iddi dyfu i fyny? Ddim mewn gwirionedd. Ond o leiaf roedd pellter y blynyddoedd bellach wedi dechrau lliniaru ar y gwatwar nad oedd byth y cael ei leisio.

Roedd hi'n ddeg ar hugain bellach. A'r byd wedi symud i ganrif newydd. Dim lle i Ethels yn y byd mawr cyffrous oedd ohoni nawr. Roedd hi'n hen o flaen ei hamser. Ethel. Wedi ei chondemnio cyn dechrau. Wedi pasio'i *sell by date* cyn cyrraedd ei phreim. Ond yma roedd hi o hyd. Un Ethel fach olaf i wareiddiad y gorllewin. A dim golwg fod yr enw ar fin dod 'nôl i ffasiwn. Yma o hyd. Chwedl y gân. Chwedl y chwedl.

Gallai Elvis gydymdeimlo â hi'n ddigon hawdd yn ei hatgasedd o'i henw. Ond wnâi e byth addef hynny iddi'n agored. Ddim ar ei grogi. Er iddo warafun cael ei fagu yng nghysgod rhyw arwr coll, blonegog, doedd e erioed wedi amau doethineb ei fam yn gyhoeddus. (Bu'n anodd iddi ddewis rhwng Marlon, Dean ac Elvis, yn ôl y sôn! Teimlai Elvis fod ganddo le i fod yn ddiolchgar, wedi'r cwbl.)

Dweud dim oedd orau. Dyn y dweud dim oedd Elvis wrth reddf. Ar fater eu henwau bedydd, roedd wedi priodi stoiciaeth Ethel. Er gwell, er gwaeth. A thaw fyddai piau hi bellach, siawns!

Yn groes graen, dechreuodd yntau roi cynnig ar

ynganu'r llond pen a'u hwynebai yno wrth ddrws y cefn. Daliai'r slaben tair troedfedd i bwyso'n drwm yn erbyn ei goes chwith. A rhwng hynny a'r glaw mân ddiferai i lawr ei war, roedd Elvis am wneud rhywbeth i dorri ar y diflastod. Ond torrodd Ethel ar ei draws yn syth.

'Sdim gobeth 'da ti, gwd boi! Dim ond fi all ga'l 'y nhafod rown y Gymra'g yn ddeche!'

Fel arfer, fyddai Elvis ddim hyd yn oed wedi anelu i ymyrryd yn angerdd afradlon Ethel a gwridodd braidd am fod mor hy â rhoi ei dafod floesg ar waith y tro hwn.

Y tri mis a dreuliodd Ethel yn gweithio mewn llyfrgell gyhoeddus yn Bradford fu man cychwyn ei charwriaeth unochrog â Chymru. Syniad ei gweithiwr cymdeithasol fu iddi fynd yno am gyfnod. Roedd hwnnw wedi defnyddio'i ben am unwaith ac wedi dod i'r casgliad mai'r un sgiliau yn union roedd eu hangen mewn llyfrgell ag yn lleoliadau arferol Ethel. Os oedd hi'n giamstar ar lenwi silffoedd yn Sainbury's, pam ddim ymysg y Mills and Boon?

Dyna sut y bu i Ethel gael ei swyno gyntaf gan y cysyniad o Gymru. A golwg y Gymraeg ar bapur. Yn annisgwyl braidd, roedd yr adran ar Ddiwylliannau Lleiafrifol yn llyfrgell Bradford yn cynnwys swp o gyfrolau ar Gymru. Cyfrolau o ddarluniau drudfawr du a gwyn. A chasgliadau o storïau tylwyth teg. Ambell gyfrol fwy gwleidyddol ei naws am radicaliaeth a diwydiannau trwm hefyd, mae'n wir.

Ond doedd fawr o swyn yn y rheini a dweud y gwir a phrin fod ôl eu blas i'w glywed ar y cawl a lowciodd Ethel o'r cawg Cymreig yn llyfrgell Bradford.

Motobeics oedd dileit Elvis, ar y llaw arall. Ond doedd fiw iddo gadw fawr o sŵn am y peth. Dilynai'r trywydd hwnnw'n dawel. Yn unig ac angerddol.

Serch hynny, roedd Ethel yn fwy na pharod i gydnabod ymarferoldeb ei ddiddordeb a chymryd ei lle ar gefn ei feic ar gyfer ei phererindod flynyddol i Gymru gydag awch. Yn eu lledrau gwyrdd a choch, edrychai'r ddau fel dreigiau siwpersonic wrth wibio tua Chymru. Tua'r niwl ddiferai fynyddoedd yn Eryri. Tua'r cawr droes yn bont yn Harlech. Tua'r cantref droes yn fôr yng Ngheredigion. A'r pice ar y maen friwsionai eu hud ar hyd a lled y lle, mewn gwlad afreal yn y glaw.

Ceridwen oedd piau hi nawr. Gwlad gwrachod a drychiolaethau. Arswyd cysurus ar bob llaw. A Gelert, druan, yn gelain ger y crud. Hwnnw'n siŵr o'i thynnu at erchwyn dagrau bob tro y darllenai amdano. Seithenyn a Chaswallon a Gwenhwyfar a Manawydan a Llywelyn a Bendigeidfran, wedyn. Dotiodd at bob sill anesboniadwy o'u henwau oll. Pob un yn ddewin neu yn wrach. A diferai'r enwau oll fel diliau diddirnad dros ei thafod. Yn lliw mewn byd llwyd.

Peth fel hyn oedd dihangfa i Ethel.

Er i'r tri bwthyn iddyn nhw eu llogi hyd yn hyn fod mewn tair ardal wahanol o Gymru, roedd rhywbeth od o ailadroddus am y gwyliau hyn i Elvis. Castell oedd castell iddo fe. Gwrach oedd gwraig. Ac os y bu yna erioed ffasiwn bethau â dreigiau, roedd e'n berffaith siŵr fod pob un wedi hen fferru i farwolaeth, neu ddal niwmonia yn y glaw.

Hyd yma, roedd pob un o dri haf y garwriaeth hon wedi esgor ar ryw stori ddoniol i'w hadrodd 'nôl yn Bradford. Codi ar eu traed mewn clocsiau i ddawnsio mewn Gwledd Ganoloesol yn Rhuthun gadwodd pawb yn eu dyblau y flwyddyn gyntaf. Yna cafodd Elvis y ddamwain gas honno wrth ferlota ger Tregaron. A phwy allai fyth anghofio eu hantur y llynedd, pan gymerodd Ethel arni mai hi oedd Alice, er mwyn i Elvis gael cogio bod yn Hetiwr Gwallgo a redai ar ei hôl dros Ben y Gogarth?

A hwythau bellach dridiau i'w gwyliau, roedd hi'n argoeli mai blwyddyn y llechen ger y rhiniog oedd hi am fod eleni.

'Deimles i'r peth y funud ddes i mewn drwy'r drws, 'eglurodd Ethel.

'Dim ond oerfel glywes i,' meddai Elvis yn lluddedig.

''Na'r gwahanieth rhyngon ni, Elvis bach! Nagwyt ti'n gweld fod hwn yn ddarganfyddiad o bwys? Walle fod y garreg hon wedi bod fan hyn wyneb 'i waered ers canrifoedd.'

'Dim ond hen lechen yw hi,' mynnodd yntau.

'Nage jest hen lechen!' gwrthwynebodd Ethel. 'Nagwyt ti'n gweld – ma' hon yn garreg fedd.'

'Na ddyle fod RSVP wedi'u naddu arni hefyd os yw hi'n garreg fedd?'

'RIP ti'n feddwl. Ond nage jest unrhyw garreg fedd yw hon. 'Na'r pwynt. Ma' rhyw ddirgelwch mowr amboethdu hon. Rhyw gywilydd. Rhyw hanes. Tybed pwy o'dd e?'

'Pwy?'

'Y Gwachul Chweiniog ap Mathafarn Gor-wych 'ma.'

'Shwt wyt ti'n gwbod taw enw dyn yw e?'

'Achos yr "ap",' eglurodd Ethel.

Roedd ganddi grap go iawn ar ambell beth. A thrwyn am drywydd difyr.

Bob tro y dôi ar draws enw anghyffredin, byddai Ethel yn siŵr o ofyn i'w berchennog beth oedd ei ystyr. Roedd hyn yn rhannol o chwilfrydedd naturiol ac yn rhannol yn y gobaith y byddai'r eglurhad am yr enw hwnnw'n fwy chwerthinllyd na sŵn ei henw ei hun.

A doedd dim gwadu nad oedd Gwachul Chweiniog ap Mathafarn Gor-wych yn enw a enynnai chwilfrydedd y mwyaf gwangalon o bobl. Ac a haeddai dipyn o drwyn i ddilyn ei drywydd.

Wrth lusgo'r anghenfil i ddiddosrwydd cymharol y gegin a'i osod i bwyso yn erbyn yr hen stôf nwy, awgrymodd Elvis efallai mai brenin oedd piau'r llechen. Ond wfftiodd Ethel hynny'n syth. Gwyddai mai tywysogion fu gan Gymru erioed, nid brenhinoedd.

'Mae'n wlad rhy fach i gael brenhinoedd.' Cynigiodd ei damcaniaeth gydag awdurdod. Chwarae teg i Ethel; roedd hi'n ddigon sylwgar.

Efallai mai rhyw ddihiryn anrhydeddus fu'n

rheibio cyfoethogion yr ardal yn ei ddydd, cynigiodd hithau wedyn. Fel Twm Siôn Cati. A phrin lefaru'r enwau wnaeth hi, nad oedd ganddi chwedl newydd yn llifo o'i genau fel ffaith.

'Ar ôl cael 'i ddal a'i grogi . . . O'r goeden fowr 'na sydd tu ôl i'r tŷ, walle! . . . Wel, 'so ti 'n gwbod, wyt ti? . . . Mae'n hen iawn, ti'n gallu gweud . . . Walle bod merch y plas, o'dd mewn cariad ag e drwy'r amser, wedi bo'n dod mas berfeddion nos i lefen yn afreolus ar 'i fedd . . . A phan dda'th 'i thad hi i ddeall beth o'dd wedi bod yn mynd mla'n, gas e 'i ddynon i fynd i godi'r garreg fedd o'r fynwent a dod â hi fan hyn, wyneb i waered, yn rhiniog i ddrws cefen un o fythynnod y stad, fel bo enw Gwachul, druan, yn y baw am byth.' Arhosodd ennyd i gymryd ei gwynt. 'Nawr, 'na iti stori drist!'

Petai ganddyn nhw gyfrifiadur yn eu cartref dros dro, byddai Ethel wedi bwydo enw Gwachul Chweiniog ap Mathafarn Gor-wych i'w grombil i weld beth ddeuai i'r fei. Ond yn wyneb absenoldeb y cyfryw dechnoleg, fe benderfynodd hi fynd i lawr i'r Spar yn y dreflan fach agosaf. Roedd pob siop fach leol yn ferw o hanesion am ei bro, meddai hi.

Damcaniaeth glodwiw, ond gwaetha'r modd i Ethel, doedd hi ddim yn ymestyn i Tony, y Sgowsar di-liw y daeth hi o hyd iddo wrth y til yn Spar.

'Sgen i'm syniad, del,' meddai'n swta – a gwnaeth Tony hi'n amlwg nad oedd ganddo ddim byd mwy i'w ddweud ar y pwnc.

Ond roedd Ethel wedi arfer â difaterwch pobl eraill lle roedd pethau oedd wedi mynd â'i bryd hi yn y cwestiwn. Dyfalbarhaodd. A chafodd ar ddeall yn y diwedd mai Antony – wedi ei sillafu heb yr 'h' – oedd enw llawn y llanc. Nid unrhyw ddewis bwriadol ar ran ei fam, yn ôl y sôn. Dim ond poetsh ryfedda o anwybodaeth ac amryfusedd ar ddiwrnod ei gofrestru.

Un arall wedi ei greithio am byth gan ei dystysgrif geni, tybiodd Ethel. A chan nad oedd yr un cwsmer arall yn disgwyl i Tony gymryd eu harian oddi arnynt, buddsoddodd Ethel beth amser yn trafod y mater.

Un lew am odro pobl oedd Ethel, meddyliodd Elvis iddo'i hun wrth sefyll yno fel llo yn ei hymyl. A doedd e'n synnu dim pan ddaeth Tony o hyd i achubiaeth iddo'i hun o'r diwedd, trwy sôn am ryw gyn-Athro Cymraeg ddeuai i'r siop yn rheolaidd. Allai Tony addo dim, wrth reswm . . . ond roedd e wedi clywed sôn mai dyna oedd yr hen ddyn yn arfer ei wneud . . . a na, doedd e ddim yn gwybod yn union ym mha rif fflat yn y *sheltered homes* roedd e'n byw.

'Fydd o'n dod i fa'ma i sbio ar y cylchgronau budron ar y silff dop ond yn gadael efo dau litr o lefrith,' meddai Tony.

Doedd gan Ethel affliw o wahaniaeth beth oedd deunydd darllen y dyn. Talodd am y dorth y bu'n ei magu'n famol tra oedd yn sgwrsio. Ochneidiodd Tony ei ryddhad yn hyglyw. A rhegodd yn aflednais, bron cyn i'r ddau ryfedd gamu allan o'r siop.

Dau ddrws fu'n rhaid i Ethel eu curo'n ofer cyn

cyrraedd ei nod. Yr Athro James Davies. Roedd yr enw wedi ei ysgrifennu â llaw yn uniaith Saesneg a'i gloi mewn casyn bach metel o dan y gloch.

Er canu a chanu eilwaith, doedd dim golwg o neb yn dod i ateb yr alwad ac roedd Ethel ar fin awgrymu i Elvis y byddai'n rhaid iddyn nhw ddod yn ôl, pan gil-agorwyd y drws.

Gallai hi weld fod y dyn wedi ymddeol ym mhob ystyr o'r gair. Ac yntau heb eillio ers dyddiau, a'i wallt llaes, di-raen yn llyfu saim ar hyd coler y gŵn gwisgo siabi a hongiai dros ei gorff main, dyma beth oedd dyn nad edrychai ar ei ôl ei hun o gwbl. Dechreuodd Ethel ar ei stori.

Clafychodd wyneb yr Athro yn weladwy. Doedd e ddim wedi gweld y fath frwdfrydedd dilyffethair dros Gymreictod yn dod o du neb ers deng mlynedd ar hugain a mwy.

Ailadroddodd Ethel yr enw. Roedd hi wedi ei daro ar gornel un o dudalennau'r *Sun* – yr unig bapur ysgrifennu oedd wedi bod ar gael iddi neithiwr yn y bwthyn pan wnaethpwyd y darganfyddiad mawr.

Dywedodd yr Athro wrthi ei bod hi'n ferch ryfeddol iawn. A chymerodd hithau hynny fel gair o deyrnged. Ond na, doedd ganddo 'mo'r syniad lleiaf am beth roedd hi'n sôn.

'Darllenwch e'ch hunan. Cym on! Rhaid neud tamed bach o ymdrech,' mynnodd Ethel, gan wthio'r papur i'w law. 'Nagych chi'n arfer gwisgo sbectol? Ble ma' nhw?'

Roedd Ethel wedi sylwi ar y rhych redai dros bont ei drwyn a doedd hi ddim yn un i adael i dystiolaeth felly fynd heb ei defnyddio. Doedd diffyg diddordeb, musgrelledd a symptomau cynnar aflwydd Alzheimer ddim yn mynd i'w threchu hi!

Llusgodd yr hen foi yn ôl i'r tywyllwch oedd i'w synhwyro trwy gil y drws a phan ddaeth yn ôl roedd pâr sedêt o sbectol hanner gwydr yn eistedd ar ei drwyn, fel memento mursennaidd o'r urddas a'r statws a berthynai iddo unwaith.

'Rhyw enw ffug, siŵr o fod,' barnodd yn ddiamynedd. 'Rhywbeth cyfoes, ddywedwn i.'

Ysai'r ysgolhaig am gael dychwelyd i gysur cyfarwydd ei fest, y ffag oedd ganddo ar ei hanner a chynhaliaeth y giamocs cnawdol ar y fideo y bu'n gloddesta arni cyn i'r gloch ganu.

'Dyw e'n golygu dim i mi,' cynigiodd fel ei ddyfarniad olaf.

'Ond rhaid 'i fod e,' mynnodd Ethel. 'Ac all e byth â bod yn fodern. Mae e wedi'i naddu yn y graig, chi'n gweld.'

'Fel hen chwedl,' ychwanegodd Elvis.

'Nid priod faes fy arbenigedd, mae arna i ofn,' barnodd yr Athro, gan ddod o hyd i hen ieithwedd nad oedd yn gyfarwydd iddo bellach a ffordd osgoi a oedd wedi profi mor ddefnyddiol iddo trwy gydol ei yrfa. 'Gofynnwch i berchennog eich tŷ haf. Y nhw ddyle wybod llinach eu petheuach.'

Wel! Daeth yr awgrym hwnnw fel hergwd o

ysbrydoliaeth i glyw Ethel. Pam ddiawl nad oedd hi wedi meddwl am hynny ei hun?

Estynnodd ddyrnod chwareus i gyfeiriad Elvis, fel petai hi'n bwrw'r ysbrydoliaeth yn ei blaen. Diolchodd i'r Athro ac wrth droi ar ei sawdl yn ôl at y motobeic, clywodd hwnnw'n rhechu'n dyner i gyfeiliant trawiad y drws yn cau'n glep y tu ôl iddi.

''Na beth o'dd hen godjar?' meddai Elvis wrth i'r ddau ail wisgo'u helmedau.

'Am be ti'n wilia?' anghytunodd Ethel yn groch. 'Halen y ddaear. 'Na beth o'dd y boi 'na. Athrylith yn y gwyll. Cymro o'r iawn ryw. Un o'r Cymry go iawn. Traddodiade a niwl Celtaidd yn diferu o bob twll yn 'i gro'n e. Synnwn i fawr nad yw e'n perthyn i Gwachul Chweiniog ap Mathafarn Be-chi'n-galw? ei hun . . . 'blaw 'i fod e'n rhy benstiff i sylweddoli 'ny.'

Y gwirionedd fu'n ddigon i roi'r farwol i Gymru yn serchiadau Ethel. Roedd hi'n hen, hen stori yn hanes Cymru, wrth gwrs, ond doedd ei chwrs carlam hi yn un o lyfrgelloedd maestrefol Bradford ddim wedi ymestyn i'r fath fanylion.

'Sioe deledu!'

'Ie, 'na fe. Rhyw gomedi o ryw fath, rwy'n meddwl. Nid fod dim byd doniol yn 'i gylch e, cofiwch! Yr hen Malcolm Bellis Roberts 'na. Surbwchyn bach hunanbwysig os fuodd un erioed. Neb ffordd hyn yn gallu'i ddiodde fe. Wel, dim ond edrych lawr 'i drwyn oedd e'n 'i wneud gyda ni'r bobl leol. Meddwl 'i fod e'n rhywun, chi'n gweld, am 'i fod e'n dipyn o gynhyrchydd teledu.'

Doedd dim ofn dweud y caswir ar Sylvia MacNamara. Fe allai Ethel synhwyro hynny'n syth. A menyw leol oedd hi; doedd dim modd gwadu hynny. Onid oedd hi wedi byw yno dros ddeng mlynedd ar hugain ac yn dod ymlaen gyda phawb?

O'i thŷ hi y casglodd Ethel ac Elvis yr allwedd i'w cartref gwyliau pan gyrhaeddon nhw ddydd Sadwrn. Gwyddai sut i wenu'n deg a chyson a'r diwrnod hwnnw y torrodd hi'r newyddion iddyn nhw, roedd y tegell wedi dechrau dod i'r berw cyn i Ethel gael cyfle i orffen ei stori'n iawn.

Os oedd Mrs MacNamara wedi bwrw iddi i olrhain hanes eu 'bwthyn' gydag arddeliad, nid diddordeb neilltuol yn y tŷ oedd i gyfrif am hynny, ond y ffaith ei bod hi wedi cael bywyd braidd yn unig ers colli ei gŵr. (Un o'i phrif gymhellion dros edrych ar ôl allweddi rhai o dai haf y fro a gwneud mymryn o dwtio ar fore Sadwrn – doedd hi byth yn dweud 'glanhau' – oedd ei hawydd i ladd ar rywfaint o'r amser a bwysai mor drwm arni. Roedd yr arian hefyd yn help i liniaru ryw gymaint ar siom y pensiwn adawyd iddi gan y diweddar Mr MacNamara.)

Doedd y llechen ddim hyd yn oed yn dod o Gymru, mae'n ymddangos. Wedi ei mewnforio o rywle pellennig. Gwlad Pwyl, efallai, awgrymodd Mrs MacNamara ? Pwy a ŵyr? Prop, meddai hi. Ar gyfer rhyw sgets. Sgets na chafodd erioed ei gweld gan neb.

Ddim digon da i'w darlledu yn y diwedd. Neb wedi gweld. Neb wedi chwerthin. Dim arwriaeth. Dim dagrau. Dim ond hen jôc sâl. A blas cas ar ei hôl.

'Roedd Mrs Pritchard drws nesaf wastad yn dweud mai rwtsh oedd 'i raglenni fo. Fydda i byth yn gwylio'r teledu Cymraeg fy hun. Pa bwynt, yntê? Dw i wedi dysgu digon i wybod os oes 'na neb yn siarad amdana i. A does dim angen i neb ddysgu dim mwy na hynny o unrhyw iaith ond ei iaith ei hun. Dyna fydda i bob amser yn 'i ddweud. Roedd y gŵr yn arfer dilyn y rygbi, mae'n wir. Gymrwch chi baned arall o de?'

Prin y crybwyllwyd y sgwrs gyda Mrs MacNamara am weddill yr wythnos. Defnyddiodd Ethel ddrws y ffrynt am weddill ei gwyliau. Roedd Cymru wedi darfod iddi. Y cariad gwallgof afresymol arwynebol angerddol a di-ddeall hwnnw wedi mynd am byth.

Roedd hi'n dal i garu Elvis, wrth gwrs. A'u fflat ddiflas yn Bradford. A'r beic. A theuluoedd y ddau ohonynt. Ond pethau roedd hi'n eu deall oedd y rheini. Nid dim y gallai hi ddianc atynt. Roedd byw gyda nhw'n ddigon. Yn gysurus. Ac yn saff.

Yr hyn oedd arni gwir angen ei garu dros ei phen a'i chlustiau oedd rhyw rith chwedlonol. Rhyw enwau mawr anynganadwy â'r gallu i'w chludo'n ôl i ryw enigma mwy . . . yn ôl yng nghynddaredd grymoedd eraill, ar wahân i gariad pethau a phobl gyfarwydd bob dydd, nad oedd modd iddi byth eu deall.

A dim ond jôc fu Gwachul Chweiniog wedi'r cwbl.

Rhyw dynnu coes. Esgus o beth. Rhyw watwar gwan. Ymgais i greu enw od. Yn Gymraeg. Gan y Cymry. Er mwyn y Cymry. Pwy oedden nhw'n meddwl oedden nhw, yn trio gwneud shwd beth? Ei thwyllo hi fel yna? Doedd e ddim yn iawn.

Efallai mai enwau gwneud oedden nhw i gyd. Pob Cadwgan, Gwedros, Mihangel, Cadwaladr, Dyddgu, Rhydderthwy, Penderyn, Mabon, Cynddylan a Rhiannon. Olion jôcs, pob un wan jac ohonyn nhw. Oll yn angof, a'u hwynebau tua'r pridd, gyda'r byd yn cerdded trostynt.

Dim gwell nag Ethel. 'Run gronyn rhyfeddach nag Elvis.

Wfft i'r Cymry a'u cleme!

Erbyn cyrraedd eu bore olaf yn y bwthyn, roedd Ethel wedi hen benderfynu mai gwyliau dros y dŵr fyddai orau flwyddyn nesaf. Fe elen nhw i'r rasys TT ar Ynys Manaw, efallai. Hen bryd iddi roi mymryn o faldod i Elvis. A dychmygai'r pleser a gâi o weld ei wyneb mawr blonegog yn pefrio gan lawenydd pan dorrai'r newyddion iddo. Rhyw noson oer o aeaf wrth gwtsho'i gilydd 'nôl yn Bradford fyddai orau, barnodd. Nid nawr. Nid yno ynghanol gwlybaniaeth di-serch Cymru.

'Wy wedi ca'l llond bola arnyn nhw a'u glaw,' dyfarnodd yn derfynol, wrth ddringo ar gefn y beic. Gollyngodd Ethel lond gwlad o regfeydd. Un rhibidires ohonyn nhw. I'r cestyll oer. A'r tywydd annhymhorol. A'r iaith anynganadwy. A'r holl hil wachul.

Gwenu wnaeth Elvis yn ei dawelwch arferol. A chlywodd ei breichiau'n gwasgu'n dynn amdano wrth iddo danio'r injan.

Wrth wneud eu ffordd ar hyd y prom wrth fynd tua thref, aethant heibio i'r Athro James Davies yn ymlusgo linc-di-lonc yn ôl i wres gormesol ei ffantasi o fflat, pâr o slipars soeglyd am ei draed a photel blastig o laeth llawn hufen yn ei law.

Er eu sŵn wrth wibio heibio, thalodd e'r un iot o sylw iddyn nhw. A welson nhw mohono yntau 'chwaith.

MACHLUD YN KASTRO

Fuoch chi erioed yn Kastro's i weld yr haul yn machlud? Fe ddylech fynd rywdro. Mae'n werth y gost o gyrraedd yno. Y tocyn awyren. Yr hedfan hir. Yr aros.

Y noson honno, roedd Gweirydd yn cadw oed â Marco. Neu dyna'r bwriad, o leiaf. Dim ond rhyw bymtheg awr ynghynt yr oedd wedi cwrdd â'r Eidalwr ifanc. Yng ngwres y nos fu hynny. Dan wybren serennog. Ar faes y castell, nid nepell o'r bar.

'Wela i ti yn Kastro's, i weld yr haul yn machlud,' fu geiriau olaf Gweirydd. (Yr unig eiriau, bron. Doedd geiriau ddim yn bwysig ar faes y castell ym mherfeddion nos.)

'*Ciao, baby,*' ddaeth y llais yn ôl i'w glyw drwy'r tywyllwch.

Byddai'n siŵr o'i adnabod eto, siawns. Wrth gwrs y byddai! Gwnaeth Gweirydd ei orau i'w argyhoeddi ei hun. Cadwai lygad barcud ar y drws, gan obeithio nad oedd yn tynnu gormod o sylw ato'i hun wrth wneud. Craffai'n hir ar bawb a gamai i lawr y tair gris serth i mewn i'r bar. Rhag ofn, yntê! Doedd fiw iddo'i fethu!

Wrth gyrraedd, rhyw ugain munud ynghynt, pan oedd y bar newydd agor, nid aeth Gweirydd i eistedd ar un o'r seddau pren mawreddog a wynebai'r môr. O fwriad. Gwyddai'n burion y byddai'r rheini dan ei sang cyn pen fawr o dro. Onid oedd y ffenestri agored yn denu'r dorf? Yn cynnig yr olygfa orau yn y lle?

Yn hytrach, dewisodd eistedd ar un o'r meinciau, clustog meddal dan ei din a'r wal gerrig wyngalchog yn gefn iddo. Bob tro yr ymlaciai, fe drawai ei ben yn erbyn ffrâm y drych anferth grogai uwch ei ben. Bob yn awr ac yn y man, codai wydryn tal oedd ar y bwrdd isel o'i flaen a sipian yn araf ar ei G a T. Roedd diodydd yn ddrud yma. A phoced Gweirydd yn fas.

Llithrodd ei lygaid yn ddidaro dros y criw o Americaniaid a oedd wedi cyrraedd yn dynn ar ei sawdl ac oedd eisoes wedi trefedigaethu hanner y meiciau blaen. Eu dillad ffasiynol, eu lleisiau croch a'u cyrff cyhyrog yn gyfuniad deniadol o hyder a hwyl. Ceisiai Gweirydd glustfeinio. Rhywbeth am y traeth. Rhywbeth am eu mamwlad. Doedd dim McDonald's ar yr ynys. Trychineb fawr!

Parau oeddynt gan mwyaf. Nid un criw mawr o ffrindiau ar wyliau gyda'i gilydd. Roedd gwenu, ysgwyd llaw a chyfnewid enwau wedi bod yn rhan o'r dod i nabod wrth iddyn nhw gyrraedd o fewn eiliadau i'w gilydd.

Twtiodd Gweirydd fymryn ar goler ei grys cotwm. Hwnnw'n drwsiadus ond traddodiadol iawn yr olwg. Crys glas y byddai'n aml yn ei wisgo i'r swyddfa ydoedd; nid cynnyrch oriog yr un cynllunydd ffasiynol a drud. O gylch ei wregys roedd trowsus ysgafn llwyd ac am ei draed gwisgai bâr o *brogues*.

Dyna Gweirydd. Cymro oddi cartref. Dyn â'i draed yn rhydd. Un o selogion y côr a'r capel. Ar ei wyliau. Yn cael bod yn ef ei hun yn ddihualau. Y pythefnos blynyddol o benrhyddid. Nid penrhydidd, 'chwaith! Doedd Gweirydd wrth reddf ddim yn ddyn y penrhyddid. Gwell oedd cadw at y cyfyngiadau. Rheolau caeth cerdd dafod. Rheolau llac cerdd dant. Rheolau anysgrifenedig ei gynefin oedd yn ei atal rhag cymryd cywely gartref ym Mhen Llŷn. Nid am ei fod e mor naif â chredu nad oedd pawb o'i gydnabod yn gwybod beth oedd ei wir ddeisyfiadau. Ond rhag ofn, yntê!

Irwyd yr awyr gan gyfeiliant dolefus rhywbeth gan Mahler na allai Gweirydd roi ei fys arno. Un o hynodion Kastro oedd mai cerddoriaeth glasurol yn unig a gâi ei chwarae yn y lle. Roedd rhan o *overture* Carmen wedi ei gyfarch wrth iddo gyrraedd. Ond bellach roedd yr haul ar i waered ac yn mynnu marw mewn gogoniant.

'O lle 'dach chi'n dod, 'te?'

Damio! Doedd Gweirydd ddim hyd yn oed wedi sylwi ar y cwpwl hwn yn dod i mewn a chipio'r sedd i ddau oedd wrth ei ymyl. Cymerodd gip sydyn, ond trwyadl, o gwmpas yr ystafell, cyn hyd yn oed meddwl ateb y cwestiwn. Roedd pobl yn cyrraedd drwy'r amser nawr. Rhaid iddo gofio hynny a pheidio ag ymgolli yn ysblander yr olygfa a'r gerddoriaeth. Deuai rhyw bâr hynafol yr olwg i lawr y grisiau, hyd yn oed wrth iddo sbio.

Dim golwg o Marco. Roedd hi'n saff iddo siarad.

'O Gymru,' atebodd yn freuddwydiol. Cafodd unrhyw letchwithdod a berthynai i'r oedi a fu cyn ateb ei gladdu yn naws hamddenol y lle. *Ambience* oedd popeth yma. Amser. A'i dreigl trwm. A harddwch, wrth gwrs. Hynny'n fwy na dim. 'Mae'n rhan o'r Deyrnas Unedig,' ychwanegodd yn amwys.

'O, mi wn,' atebodd y wraig yn hawddgar. Roedd hi'n ddu a thal a gosgeiddig. Ei cheg lydan yn wên lachar. A'r ffrog dynn a'r gleiniau yn ei gwallt yn ddrud a chwaethus, fel hi ei hun.

'Enw Cymraeg ydy Gwyneth, yntê? Fel yn enw Gwyneth Paltrow.'

Doedd Gweirydd fawr o foi am ffilmiau, ond roedd wedi clywed am yr actores, trwy lwc. A chytunodd â'r wraig hardd trwy wenu'n chwithig.

'Gwyneth oedd enw ffrind gorau ei mam yn yr ysgol gynradd a dyna sut y cafodd hi'r enw. Fe ddarllenais i'r stori yn *Hello*. Mae'n enw anghyffredin iawn yn y States.'

Chwarae teg i *Hello* am chwarae ei ran yn lledaenu'r efengyl am Gymru, meddyliodd Gweirydd yn watwarus, ond ddywedodd e ddim.

Cafodd hanes y ddau, p'run bynnag. Heb ofyn. O Doronto oedd y ddau, mae'n ymddangos, er mai o Sierra Leone y deuai hi'n wreiddiol. Chynigiwyd 'run gair o esboniad am ran ryfeddaf ei thaith hi drwy fywyd hyd yn hyn, sef sut y daethai o dlodi uffernol ei mamwlad i wely'r Canadiad canol oed a phlaen yr olwg oedd yn gymar iddi. Synhwyrai Gweirydd fod yna lyfr siec go drwchus yn y cawl yn rhywle, ond aeth e ddim i holi.

Doedd dim golwg ohono o hyd. Y Marco mwyn, anwadal. A bellach roedd yr haul yn disgyn tua'i dranc yn gyflym. Oni ddeuai toc, fe gollai'r ysblander eithaf. Gwibiai sylw Gweirydd rhwng yr angau euraid ar y gorwel, y ddau o Doronto a'r drws. Ac o'r tri, y drws oedd piau hi. Ond doedd dim golwg o Marco o hyd.

Yna torrodd dyn bach di-nod, fu'n eistedd ar stôl am y cornel ag ef, ar draws y sgwrs. Wel! Roedd Gweirydd wedi ei ddiystyru fel dyn bach di-nod tan hyn: am ei fod e'n fyr a thywyll ac ar ei ben ei hun, mae'n debyg. Ond wrth iddo ymyrryd yn y mân siarad roedd Gweirydd yn fodlon addef fod rhywbeth digon ciwt yn ei gylch. Nid ei deip ef, wrth gwrs. Rhy fyr. Rhy hen. Ond nid heb ei swyn, serch hynny, cydnebu.

Llydawr oedd e. Hwnnw wedi dotio at yr holl sôn am wlad Geltaidd arall ac am daflu ei dystiolaeth yntau i mewn i'r pair. Ond am na fu gan fam yr un actores Americanaidd enwog ffrind mynwesol o dras Llydewig, doedd y wraig gadwedig o Sierra Leone erioed wedi clywed sôn am Lydaw.

'O! Ffrainc, rwy'n gweld,' cydsyniodd hi'n ddiddiddordeb o'r diwedd, wrth i'r Llydawr brwd fyrlymu.

Fu gan Gweirydd erioed fawr o ddiddordeb mewn

meithrin y cyswllt Celtaidd, ond doedd e ddim am ymddangos yn anghwrtais gyda'r dyn, ychwaith. Penderfynodd rannu'r wybodaeth ei fod yn aelod o'r Orsedd gydag ef. Gwnaeth hyn gryn argraff ar y Llydawr, gan iddo unwaith fynd i'r Steddfod a meddwi'n rhacs. Mân chwerthin lletchwith glywyd o du'r ddau gefnog o gyfandiroedd eraill oedd yn rhan o'r sgwrs.

Ond boddwyd y chwerthin sedêt hwnnw'n syth gan rialtwch cwpwl arall draw wrth y drws. Torrodd sgrialu eu sgrech-chwerthin ar naws y lle a throes pawb i edrych arnynt. Er yr ymyrraeth anghytnaws, doedd y bar hwn ddim yn lle i ddal dig – a rhyw wenu'n ddilornus i'w cyfeiriad wnaeth pawb, fel rhyw gystwyaeth dorfol. Bron nad oedd hi'n wên dorfol o gydymdeimlad, am eu bod nhw'n amlwg yn rhy dwp i ddeall.

Doedd neb wedi dod i mewn ers rhai munudau. 'Run enaid byw. Roedd hyn yn anghyffredin, gan fod symud cyson rhwng y stryd a'r bar. Doedd e ddim yn mynd i ddod, oedd e?

Crechwenodd Gweirydd yn agored am ennyd, wrth ddal golwg iawn ar y ddau ger y drws. Roedd hi mewn pâr o slacs porffor, gyda thop blodeuog ac yntau mewn trowsus cwta Hawaiiaidd a'r crys mwyaf di-chwaeth a welodd Gweirydd erioed. Duw a ŵyr beth oedd cynhwysion y ddwy ddiod ar y bwrdd o'u blaenau, ond afraid dweud eu bod nhw'n lliwgar.

Rywbryd rhwng y sgwrsio a'r sipian, roedd

rhywbeth gan Chopin wedi cymryd drosodd ar y tâp sain.

Sylwodd Gweirydd ar y newid o'r diwedd. Nid fod unrhyw arwyddocâd i'r peth. Fe wyddai o fynychu'r lle dros nifer o blynyddoedd mai taflu'r tapiau i mewn i'r peiriant yn ôl eu mympwy oedd diléit y bois y tu ôl i'r bar, nid dewis a dethol yn ystyrlon.

O ganlyniad, un piano unig fyddai'n gyfeiliant i'r haul heno, wrth iddo waedu'n groch ar y gorwel. Erbyn hyn, roedd y belen dân bron â chyrraedd ei ffin. A dihangodd Gweirydd, fel y gwnâi bob tro y deuai yma, at y ddelwedd o'r haul fel dernyn arian yn disgyn i *slot machine* y bydysawd. Fel mymryn o fardd, roedd wedi'i hen ddarbwyllo ei hun fod hon yn ddelwedd gref. Yr haul crwn fel sofren goeth, neu gwell fyth, fel y ddimai goch ddiarhebol. A'r gorwel fel rhyw fol diwaelod yn ei llyncu. Hoffai gymhendod y ddelwedd. Yr arlliw o hapchwarae a berthynai iddi. Ei symlrwydd cynhenid a'i harwyddocâd i'r bydysawd oll.

Eiliad fawr i fardd bach oedd gweld yr haul yn machlud o Kastro's.

A doedd Marco ddim am ddod, oedd e?

Hen dro, wfftiodd yn ddifynegiant yn ei ben!

Aethai pawb yn fud am ennyd. Y ddau ariannog o Ogledd America. Y Llydawr siaradus. A Gweirydd ei hun. Sisialai ambell un, hwnt ac yma, yn y bar, mae'n wir – ac roedd hynny'n ddigon derbyniol – a gwibiai'r tri gweinydd gyda'u hambyrddau llawn ymhlith y cwsmeriaid o hyd i ddiwallu eu hanghenion. Ond tinc hiraethus y gerddoriaeth oedd unig sain synhwyrol y lle. Heb arwydd, na rhybudd, na defod, troes llygaid pawb, ar wahân i'r gweinyddwyr, tua'r gorwel. Mewn gwrogaeth fud.

Cyffyrddodd yr haul â'i derfyn. Roedd y diwedd wedi dechrau.

Tynnodd Gweirydd ei olygon tua'r drws. O gornel ei lygad, roedd wedi synhwyro iddo weld rhyw liw yn symud. Ond dim ond dau ddyn barfog oedd yno'n cyrraedd. Dychwelodd at y ddefod ddyddiol oedd i'w gweld drwy'r ffenestr, er mwyn cuddio'i siom.

'Hardd, yntydi?' ebe'r lodes osgeiddig wrtho. Doedd dim gwadu gwirionedd hynny, ond roedd rhywbeth yn ei llais yn gwneud i'r dweud swnio'n arwynebol. Gwenodd ei chymar arni a chymryd llymaid arall o'i goctel. Erbyn hyn, roedd Gweirydd wedi cael ar ddeall mai model broffesiynol oedd hi a gwelai rywbeth smala yn y ffaith ei bod hi'n dewis dod ar wyliau i lefydd fyddai'n edrych yn hardd mewn ffotograffau. Tebyg at ei debyg, debyg? Gwenodd yn gynhesach arni nag a wnaethai o'r blaen.

Roedd yr haul bron â chyrraedd yr hanner. Hanner cylch coch. A'i adlewrychiad yn y dŵr yn ailgreu'r cyfanwaith. Dros dro yn unig.

Dechreuodd y Llydawr barablu drachefn. Lle y bu yng Nghymru. Cyflwr yr iaith. Ei hoffter o recordiau Dafydd Iwan. Ac ymunodd dau o Boston oedd yn eistedd gyferbyn ag ef yn y drafodaeth. Doedden nhw erioed wedi bod i Ewrop o'r blaen. Roedd y naill yn gyfreithiwr o ryw fath a'r llall yn giamstar ar gyfrifiaduron. Roedd y ddau'n hardd ac yn hunan-hyderus ac ar wyliau y talwyd amdanynt gan y ddoler binc, barnodd Gweirydd.

Y twrnai, mae'n ymddangos, oedd o dras Gwyddelig. A thra bo mwy o Geltaidd glebran yn llenwi eu cornel hwy o'r ystafell, galwodd Geirydd yr harddaf o'r gweinyddion draw ato ac archebu diod arall iddo'i hun.

Doedd fawr ddim o'r haul ar ôl erbyn hyn. A syllodd Gweirydd arno nes i'r darn olaf ddiflannu dan y dŵr.

Doedd e ddim wedi disgwyl gweld Marco eto, mewn difri calon. Gwnaeth ei orau i'w ddarbwyllo ei hun o hynny. Rhyw obaith ofer oedd yr oed hwn, mewn gwirionedd. Roedd ganddo ben digon praff ar ei ysgwyddau i wybod hynny, siawns.

Cyrhaeddodd ei ail ddiod a dechreuodd ei hyfed yn syth ar ôl iddo dalu amdani. Ac yna am sbel, fe barhaodd i gyfrannu'n ysbeidiol i'r sgyrsiau digyswllt, achlysurol o'i gwmpas.

Drwy'r ffenestr, gallai weld olion yr ymadawedig yn gwaedu'n afradlon dros yr wybren, gan sarnu'r tes a fu a cheulo'r cymylau.

Cyn pen fawr o dro, fe ffarweliodd y ddau o Doronto â'r fintai ac roedd y ddau ddyn o Boston yn dod ymlaen mor dda gyda'r Llydawr, gadawodd Gweirydd iddynt fynd drwy eu pethau hebddo.

Fe ddychwelai i'w westy toc. Ar ôl iddo orffen ei ddiod. Ac ar ôl swpera, fe gâi loetran am awr neu ddwy yn rhai o'r bariau i lawr wrth y cei, cyn troi drachefn at dir y castell.

Gwyddai Gweirydd y byddai'n ôl yn Kastro's unwaith eto nos trannoeth, siŵr o fod. Toedd hynny'n rhan o ddefod y dyddiau iddo? Rhan o batrwm y pythefnos braf blynyddol?

Doedd y rhai a ddymunai ddim bob amser yn llwyddo i gyrraedd Kastro's mewn da bryd, mae'n wir. Ond roedd yno wastad fachlud. Ac roedd Gweirydd wedi hen arfer cymryd cysur o wefrau cyfarwydd, dibynadwy bywyd.

Llyncodd weddill ei ddiod ar ei thalcen a throes i wynebu'r tair gris serth.